Xavier de Maistre, Gustave Masson

Voyage Autour De Ma Chambre

Xavier de Maistre, Gustave Masson

Voyage Autour De Ma Chambre

ISBN/EAN: 9783337188306

Printed in Europe, USA, Canada, Australia, Japan

Cover: Foto ©Andreas Hilbeck / pixelio.de

More available books at **www.hansebooks.com**

Clarendon Press Series

XAVIER DE MAISTRE

VOYAGE AUTOUR DE MA CHAMBRE

EDITED

WITH ENGLISH NOTES

BY

GUSTAVE MASSON, B.A.

UNIV. GALLIC.

New Edition

Oxford

AT THE CLARENDON PRESS

M DCCC LXXXVII

NOTICE

XAVIER DE MAISTRE.

XAVIER DE MAISTRE, frère cadet du célèbre diplomate, né en
1764 à Chambéry, était au service du Roi de Sardaigne lorsque 5
la Savoie fut conquise par les Français.

L'auteur des Soirées de Saint-Pétersbourg dit quelque part
'qu'il est le plus Français de ceux qui ne le sont pas.' Il semble
que ce soit à son frère Xavier que ce mot spirituel pourrait
s'appliquer plus encore. Du reste Xavier de Maistre ne peut- 10
il être réclamé par nous comme un compatriote, puisque nous
empruntons cette notice biographique au Dictionnaire his-
torique des Départements du Mont-Blanc et du Léman, Chambéry 1807, livre qui redevient de circonstance en 1868?

'Xavier de Maistre, né à Chambéry, capitaine dans le régi- 15
ment de la marine au service du Roi de Sardaigne, directeur de
la bibliothèque et du musée de l'amirauté de Saint-Pétersbourg,
a fait ses délices du dessin, dès la plus tendre jeunesse : il peint
le portrait à l'huile et en miniature, et s'est fait dans ce genre
une réputation méritée, en Piémont, en Allemagne et en Russie. 20
Son genre principal est le paysage, qu'il rend avec une vérité et
une illusion de perspective aérienne du plus grand effet : celui
de ses tableaux qui représente, dans un promenoir public, des
carrosses roulant dans des tourbillons de poussière, saisit d'admiration, lorsqu'on observe avec quelle variété l'artiste a rendu 25
tous les reflets de la lumière sur toutes les parties de sa savante
composition. M. Maistre joint au talent de la peinture des
connaissances très étendues en littérature et en poésie.'

. Xavier de Maistre servit dans les troupes Russes contre la Perse, et obtint le grade de général-major. Il se maria à Saint-Pétersbourg après la campagne, et revit un instant sa patrie, mais retourna bientôt se fixer en 1817 en Russie ; il 5 y mourut en 1852.

' ˙ La première édition du 'Voyage autour de ma Chambre' porte la date de 1794. Encouragé par le succès de ce charmant ouvrage, l'auteur publia, à la sollicitation de ses amis, une suite sous le titre d'Expédition Nocturne ; mais il le dit lui-même : 10 'Je rentrais à regret dans la carrière ; hélas ! j'y rentrais seul. J'y allais voyager sans mon cher Joannetti et sans l'aimable Rosine. Le mur auquel était suspendu le portrait de Mme. de Hautcastel avait été percé par une bombe.' Bien qu'on retrouve dans ces pages tout l'esprit, de l'auteur, l'Expédition 15 Nocturne a eu le sort réservé aux suites qui développent et épuisent une idée, tandis que la première création en donne la fleur et le parfum. C'était bien l'avis de son frère. Nous en avons la preuve dans ces lignes que nous empruntons aux Mémoires Politiques de Joseph de Maistre, publiés par 20 M. Albert Blanc :

'Xavier de Maistre était de neuf ans plus jeune que son frère Joseph, et lui portait une affection presque filiale. Lorsqu'il eut à Turin cette affaire d'honneur qui le fit mettre aux arrêts et qui le força, pour le bonheur futur de tous les gens 25 de goût, à voyager autour de sa chambre, Xavier était un officier oisif et étourdi, et songeait à toute autre chose qu'à devenir écrivain. Il pensait que les feuilles écrites pendant cette captivité de quarante-deux jours n'avaient guère plus d'importance que cet autre voyage qu'il avait fait dans la pre- 30 mière Montgolfière qu'on vit en Savoie.

'En 1794, il passa à Lausanne et montra à son frère aîné ces pages charmantes ; Joseph, son parrain devant l'Église, voulut être son parrain littéraire, et envoya bientôt à Xavier, qui n'y songeait presque plus, l'ouvrage imprimé.

35 'Xavier, enchanté de son premier succès, se mit tout de suite à écrire son Expédition Nocturne ; mais Joseph s'y opposa.

'Il m'écrivit, a dit Xavier, que je détruisais tout le prix que pourrait avoir cette bluette, en la continuant; il parla d'un proverbe espagnol qui dit que les secondes parties sont mauvaises, et me conseilla de chercher quelque autre sujet; je n'y pensai plus.'

'L'Expédition Nocturne fut cependant achevée à Saint- 5 Pétersbourg; l'exil avait répandu sur cette âme gracieuse une mélancolie qui respire dans ce deuxième ouvrage; on sent qu'elle est toujours aussi jeune, mais qu'elle a souffert déjà [1].'

Le peu d'écrits composés par Xavier de Maistre ont suffi pour le placer au rang des meilleurs écrivains de notre langue. 10 Il était en même temps habile chimiste: il présenta à l'Académie des Sciences de Turin plusieurs savants mémoires, parmi lesquels on remarque ses recherches sur l'oxydation de l'or et sur l'application de l'oxyde d'or à la peinture.

Les lecteurs qui voudront connaître tout ce qu'a laissé 15 Xavier de Maistre auront recours à l'excellente édition de ses œuvres complètes publiée en un volume, avec portrait, dans la bibliothèque Charpentier (Paris, 1859, 12mo).

G. M.

[1] Mémoires Politiques et Correspondance Diplomatique de J. de Maistre, avec Explications et Commentaires Historiques, par Albert Blanc, docteur en droit de l'Université de Turin. Paris, Librairie Nouvelle, 1858. La 2e édition a paru en 1859. Le Chapitre IX de ce livre précieux est consacré en entier à Xavier de Maistre.

VOYAGE

DE MA CHAMBRE,

PAR LE COMTE XAVIER DE MAISTRE.

I. *Un Livre de Découvertes.*   5

Qu'il est glorieux d'ouvrir une nouvelle carrière, et de
paraître tout à coup dans le monde savant un livre de découvertes à la main, comme une comète inattendue étincelle
dans l'espace! Non, je ne tiendrai plus mon livre *in petto:*
le voilà, messieurs, lisez. J'ai entrepris et exécuté un voyage 10
de quarante-deux jours autour de ma chambre. Les observations intéressantes que j'ai faites, et le plaisir continuel que
j'ai éprouvé le long de chemin, me faisaient désirer de le
rendre public ; la certitude d'être utile m'y a décidé. Mon
cœur éprouve une satisfaction inexprimable lorsque je pense 15
au nombre infini de malheureux auxquels j'offre une ressource
assurée contre l'ennui, et un adoucissement aux maux qu'ils
endurent. Le plaisir qu'on trouve à voyager dans sa chambre
est à l'abri de la jalousie inquiète des hommes : il est indé-
pendant de la fortune.   20
    Est-il en effet d'être assez malheureux, assez abandonné
pour n'avoir pas un réduit où il puisse se retirer et se cacher
à tout le monde ? voilà tous les apprêts du voyage.
    Je suis sûr que tout homme sensé adoptera mon système,
de quelque caractère qu'il puisse être, et quel que soit son 25
tempérament ; qu'il soit avare ou prodigue, riche ou pauvre,
jeune ou vieux, né sous la zône torride ou près du pôle, il

peut voyager comme moi ; enfin, dans l'immense famille des
hommes qui fourmillent sur la surface de la terre, il n'en
est pas un seul,—non, pas un seul (j'entends de ceux qui
habitent des chambres) qui puisse, après avoir lu ce livre,
5 refuser son approbation à la nouvelle manière de voyager que
j'introduis dans le monde.

II. *Éloge du Voyage.*

Je pourrais commencer l'éloge de mon voyage par dire
qu'il ne m'a rien coûté ; cet article mérite attention. Le
10 voilà d'abord prôné, fêté par les gens d'une fortune médiocre :
il est une autre classe d'hommes auprès de laquelle il est
encore plus sûr d'un heureux succès, par cette même raison
qu'il ne coûte rien. Auprès de qui donc ? Eh quoi ! vous le
demandez ! C'est auprès des gens riches. D'ailleurs, de
15 quelle ressource cette nouvelle manière de voyager n'est-elle
pas pour les malades ? Ils n'auront point à craindre l'intem-
périe de l'air et des saisons ;—pour les poltrons, ils seront
à l'abri des voleurs, ils ne rencontreront ni précipices ni fon-
drières. Des milliers de personnes qui, avant moi, n'avaient
20 point osé, d'autres qui n'avaient pu, d'autres enfin qui
n'avaient pas songé à voyager, vont s'y résoudre à mon
exemple. L'être le plus indolent hésiterait-il de se mettre
en route avec moi pour se procurer un plaisir qui ne lui coû-
tera ni peine ni argent ? Courage donc, partons ;—suivez-
25 moi, vous tous qu'une mortification de l'amour, une négligence
de l'amitié, retiennent dans votre appartement, loin de la
petitesse et de la perfidie des hommes. Que tous les malheureux, les malades et les ennuyés de l'univers, me suivent ;
—que tous les paresseux se lèvent en masse :—et vous qui
30 roulez dans votre esprit des projets sinistres de réforme ou
de retraite pour quelque infidélité ; vous qui, dans un boudoir,
renoncez au monde pour la vie ; aimables anachorètes d'une
soirée, venez aussi, quittez, croyez-moi, ces noires idées ;
vous perdez un instant pour le plaisir, sans en gagner un pour
35 la sagesse ; daignez m'accompagner dans mon voyage ; nous
marcherons à petites journées, en riant le long du chemin

des voyageurs qui ont vu Rome et Paris;—aucun obstacle
ne pourra nous arrêter, et, nous livrant gaiement à notre
imagination, nous la suivrons partout où il lui plaira de nous
conduire.

III. *Les Lois et l'Usage.* 5

Il y a tant de personnes curieuses dans le monde!—Je suis
persuadé qu'on voudrait savoir pourquoi mon voyage autour de
ma chambre a duré quarante-deux jours, au lieu de quarante-
trois, ou de tout autre espace de temps: mais comment l'ap-
prendrais-je au lecteur, puisque je l'ignore moi-même? Tout 10
ce que je puis assurer, c'est que, si l'ouvrage est trop long
à son gré, il n'a pas dépendu de moi de le rendre plus court:
toute vanité de voyageur à part, je me serais contenté d'un
chapitre. J'étais, il est vrai, dans ma chambre avec tout
le plaisir et l'agrément possible; mais, hélas! je n'étais pas 15
le maître d'en sortir à volonté: je crois même que sans l'en-
tremise de certaines personnes puissantes qui s'intéressaient
à moi, et pour lesquelles ma reconnaissance n'est pas éteinte,
j'aurais eu tout le temps de mettre un *in-folio* au jour, tant
les protecteurs qui me faisaient voyager dans ma chambre 20
étaient disposés en ma faveur.

Et cependant, lecteur raisonnable, voyez combien ces
hommes avaient tort; et saisissez bien, si vous le pouvez, la
logique que je vais vous exposer.

Est-il rien de plus naturel et de plus juste que de se couper 25
la gorge avec quelqu'un qui vous marche sur le pied par in-
advertance, ou bien qui laisse échapper quelque terme piquant
dans un moment de dépit, dont votre imprudence est la
cause, ou bien enfin qui a le malheur de plaire à votre
maîtresse? 30

On va dans un pré, et là, comme Nicole faisait avec le
Bourgeois Gentilhomme, on essaie de tirer quarte, lorsqu'il
pare tierce; et, pour que la vengeance soit sûre et complète,
on lui présente la poitrine découverte, et on court risque de
se faire tuer par son ennemi pour se venger de lui. 35

On voit que rien n'est plus conséquent, et toutefois on

trouve des gens qui désapprouvent cette louable coutume !
Mais ce qui est aussi conséquent que tout le reste, c'est que
ces mêmes personnes qui la désapprouvent, et qui veulent
qu'on la regarde comme une faute grave, traiteraient encore
5 plus mal celui qui refuserait de la commettre. Plus d'un
malheureux, pour se conformer à leur avis, a perdu sa réputation et son emploi ; en sorte que lorsqu'on a le malheur
d'avoir ce qu'on appelle une affaire, on ne ferait pas mal de
tirer au sort pour savoir si on doit la finir suivant les lois
10 ou suivant l'usage ; et comme les lois et l'usage sont contradic-
toires, les juges pourraient ainsi jouer leur sentence aux dés ;
—et probablement aussi c'est à une décision de ce genre
qu'il faut recourir pour expliquer pourquoi et comment mon
voyage a duré quarante-deux jours juste.

15   IV. *Latitude et Topographie.*

Ma chambre est située sous le quarante-huitième degré de
latitude, selon les mesures du père Beccaria ; sa direction est
du levant au couchant ; elle forme un carré long qui a trente-
six pas de tour, en rasant la muraille de bien près. Mon voy-
20 age en contiendra cependant davantage ; car je la traverserai
souvent en long et en large, ou bien diagonalement, sans suivre
de règle ni de méthode. Je ferai même des zig-zags, et je
parcourrai toutes les lignes possibles en géométrie, si le besoin
l'exige. Je n'aime pas les gens qui sont si fort les maîtres de
25 leurs pas et de leurs idées, qui disent : Aujourd'hui je ferai
trois visites, j'écrirai quatre lettres, je finirai cet ouvrage que
j'ai commencé. Mon âme est tellement ouverte à toutes
sortes d'idées, de goûts et de sentimens ; elle reçoit si avidement tout ce qui se présente, que :—et pourquoi refuserait-elle
30 les jouissances qui sont éparses sur le chemin difficile de la vie ?
elles sont si rares, si clair-semées, qu'il faudrait être fou pour
ne pas s'arrêter, se détourner même de son chemin pour cueillir
toutes celles qui sont à notre portée. Il n'en est pas de plus
attrayante, selon moi, que de suivre ses idées à la piste, comme
35 le chasseur poursuit le gibier, sans affecter de tenir aucune
route : aussi, lorsque je voyage dans ma chambre, je parcours

rarement une ligne droite ; je vais de ma table vers un tableau
qui est placé dans un coin, de là je pars obliquement pour aller
à la porte ; mais, quoique en partant mon intention soit bien
de m'y rendre, si je rencontre mon fauteuil en chemin, je ne
fais pas de façons, et je m'y arrange tout de suite. C'est un 5
excellent meuble qu'un fauteuil, il est surtout de la dernière
utilité pour tout homme méditatif. Dans les longues soirées
d'hiver, il est quelquefois doux et toujours prudent de s'y
étendre mollement, loin du fracas des assemblées nombreuses.
Un bon feu, des livres, des plumes, que de ressources contre 10
l'ennui ! et quel plaisir encore d'oublier ses livres et ses plumes
pour tisonner son feu, en se livrant à quelque douce médita-
tion,—ou en arrangeant quelques rimes pour égayer ses amis ;
les heures glissent alors sur vous, et tombent en silence dans
l'éternité, sans vous faire sentir leur triste passage. 15

V. *Le Lit.*

Après mon fauteuil, en marchant vers le nord, on découvre
mon lit, qui est placé au fond de ma chambre, et qui forme la
plus agréable perspective : il est situé de la manière la plus
heureuse ; les premiers rayons du soleil viennent se jouer dans 20
mes rideaux. Je les vois, dans les beaux jours d'été, s'avancer
le long de la muraille blanche, à mesure que le soleil s'élève :
les ormes qui sont devant ma fenêtre les divisent de mille ma-
nières et les font balancer sur mon lit, couleur de rose et blanc
qui répand de tous côtés une teinte charmante par leur ré- 25
flexion. J'entends le gazouillement confus des hirondelles,
qui se sont emparées du toit de la maison, et des autres oiseaux
qui habitent les ormes : alors mille idées riantes occupent mon
esprit, et dans l'univers entier personne n'a un réveil aussi
agréable, aussi paisible que le mien. 30
J'avoue que j'aime à jouir de ces doux instants, et que je
prolonge toujours autant qu'il est possible le plaisir que je
trouve à méditer dans la douce chaleur de mon lit. Est-il de
théâtre qui prête plus à l'imagination, qui réveille de plus
tendres idées que le meuble où je m'oublie quelquefois ? 35

Lecteur modeste, ne vous effrayez point; . . . . c'est dans ce meuble délicieux que nous oublions pendant une moitié de la vie les chagrins de l'autre moitié. Mais quelle foule de pensées agréables et tristes se pressent à la fois dans mon
5 cerveau! mélange étonnant de situations terribles et délicieuses!

Un lit nous voit naître et nous voit mourir; c'est le théâtre variable où le genre humain joue tour à tour des drames intéressants, des farces risibles et des tragédies épouvantables. C'est un berceau garni de fleurs; c'est le trône de l'amour;
10 c'est un sépulcre.

VI. *Aux Métaphysiciens.*

Ce chapitre n'est absolument que pour les métaphysiciens. Il va jeter le plus grand jour sur la nature de l'homme : c'est le prisme avec lequel on pourra analyser et décomposer les
15 facultés de l'homme, en séparant la puissance animale des rayons purs de l'intelligence.

Il me serait impossible d'expliquer comment et pourquoi je me brûlai les doigts aux premiers pas que je fis en commençant mon voyage, sans expliquer, dans le plus grand détail, au lec-
20 teur, mon système de *l'Ame et de la Bête.* Cette découverte métaphysique influe d'ailleurs tellement sur mes idées et sur mes actions, qu'il serait très-difficile de comprendre ce livre, si je n'en donnais la clef au commencement.

Je me suis aperçu, par diverses observations, que l'homme
25 est composé d'une âme et d'une bête. Ces deux êtres sont absolument distincts, mais tellement emboîtés l'un dans l'autre, ou l'un sur l'autre, qu'il faut que l'âme ait une certaine supériorité sur la bête, pour être en état d'en faire la distinction.

Je tiens d'un vieux professeur (c'est du plus loin qu'il me
30 souvienne) que Platon appelait la matière *l'autre.* C'est fort bien; mais j'aimerais mieux donner ce nom par excellence à la bête qui est jointe à notre âme. C'est réellement cette substance qui est *l'autre,* et qui nous lutine d'une manière si étrange. On s'aperçoit bien en gros que l'homme est double;
35 mais c'est, dit-on, parce qu'il est composé d'une âme et d'un corps, et l'on accuse ce corps de je ne sais combien de choses,

bien mal à propos assurément, puisqu'il est aussi incapable de sentir que de penser.   C'est à la bête qu'il faut s'en prendre, à cet être sensible, parfaitement distinct de l'âme, véritable individu qui a son existence séparée, ses goûts, ses inclinations, sa volonté, et qui n'est au dessus des autres animaux que parce 5 qu'il est mieux élevé et pourvu d'organes plus parfaits.

- Messieurs et mesdames, soyez fiers de votre intelligence tant qu'il vous plaira ; mais défiez-vous beaucoup de l'*autre*, surtout quand vous êtes ensemble.

J'ai fait je ne sais combien d'expériences sur l'union de ces 10 deux créatures hétérogènes.   Par exemple, j'ai reconnu clairement que l'âme peut se faire obéir par la bête, et que, par un fâcheux retour, celle-ci oblige très souvent l'âme d'agir contre son gré.   Dans les règles, l'une a le pouvoir législatif et l'autre le pouvoir exécutif ; mais ces deux pouvoirs se contrarient sou- 15 vent.   Le grand art d'un homme de génie est de savoir bien élever sa bête, afin qu'elle puisse aller seule, tandis que l'âme, délivrée de cette pénible accointance, peut s'élever jusqu'au ciel.

Mais il faut éclaircir ceci par un exemple.

Lorsque vous lisez un livre, monsieur, et qu'une idée plus 20 agréable entre tout à coup dans votre imagination, votre âme s'y attache tout de suite et oublie le livre, tandis que vos yeux suivent machinalement les mots et les lignes ; vous achevez la page sans la comprendre, et sans vous souvenir de ce que vous avez lu :—cela vient de ce que votre âme, ayant ordonné à sa 25 compagne de lui faire la lecture, ne l'a point avertie de la petite absence qu'elle allait faire, en sorte que l'*autre* continuait la lecture que votre âme n'écoutait plus.

VII. L'Âme.

Cela ne vous paraît-il pas clair ?   Voici un autre exemple. 30
Un jour de l'été passé, je m'acheminai pour aller à la cour à l'heure de l'ordre.   J'avais peint toute la journée, et mon âme, se plaisant à méditer sur la peinture, laissa le soin à la bête de me transporter au palais du roi.

Que la peinture est un art sublime ! pensait mon âme. 35
Heureux celui que le spectacle de la nature a touché, qui

n'est pas obligé de faire des tableaux pour vivre; qui ne
peint pas uniquement par passe-temps, mais qui, frappé de
la majesté d'une·belle physionomie et des jeux admirables
de la lumière qui se fond en mille teintes sur le visage humain,
5 tâche d'approcher dans ses ouvrages des effets sublimes de
la nature! Heureux encore le peintre que l'amour du paysage entraîne ·dans des promenades solitaires, qui sait ex-
primer sur la toile le sentiment de tristesse que lui inspirent
un bois sombre ou une campagne déserte! Ses productions
10 imitent et reproduisent la nature; il crée des mers nouvelles
et de noires cavernes inconnues au soleil; à son ordre, des
bocages toujours verts sortent du néant, l'azur du ciel se
réfléchit dans ses tableaux; il connaît l'art de troubler les
airs et de faire mugir les tempêtes. D'autres fois, il offre à
15 l'œil du spectateur étonné les campagnes délicieuses de l'an-
tique Sicile: on voit des nymphes éperdues fuyant, à travers
les roseaux, la poursuite d'un satyre: des temples d'une archi-
tecture majestueuse élèvent leurs fronts superbes par-dessus
la forêt sacrée qui les entoure; l'imagination se perd dans
20 les routes silencieuses de ce pays idéal; les lointains bleuâtres
se confondent avec le ciel, et le paysage entier, se répétant
dans les eaux d'un fleuve tranquille, forme un spectacle qu'aucune langue ne peut décrire.

Pendant que mon âme faisait ces réflexions, l'*autre* allait
25 son train, et Dieu sait où elle allait! Au lieu de se rendre
à la cour, comme elle en avait reçu l'ordre, elle dériva tellement sur la gauche, qu'au moment où mon âme la rattrapa,
elle était à la porte de Madame de Hautcastel, à un demi-
mille du Palais-Royal.

30 Je laisse à penser au lecteur ce qui serait arrivé, si elle était
entrée toute seule chez une aussi belle dame.

VIII. *La Bête.*

S'il est utile et agréable d'avoir une âme dégagée de la
matière au point de la faire voyager toute seule lorsqu'on
35 le juge à propos, cette faculté a aussi ses inconvénients. C'est
à elle, par exemple, que je dois la brûlure dont j'ai parlé

dans les chapitres précédents. Je donne ordinairement à ma
bête le soin des apprêts de mon déjeûner ; c'est elle qui fait
griller mon pain et le coupe en tranches. Elle fait à merveille
le café, et le prend même très-souvent sans que mon âme
s'en mêle, à moins que celle-ci ne s'amuse à la voir travailler ; 5
mais cela est rare et très-difficile à exécuter, car il est aisé,
lorsqu'on fait quelque opération mécanique, de penser à toute
autre chose ; mais il est extrêmement difficile de se regarder
agir, pour ainsi dire ;—ou, pour m'expliquer suivant mon
système, d'employer son âme à examiner la marche de sa 10
bête, et de la voir travailler sans y prendre part. Voilà le
plus étonnant tour de force métaphysique que l'homme puisse
exécuter.

J'avais couché mes pincettes sur la braise pour, faire griller
mon pain, et quelque temps après, tandis que mon âme 15
voyageait, voilà qu'une souche enflammée roule sur le foyer :
—ma pauvre bête porta la main aux pincettes et je me brûlai
les doigts.

IX. *Philosophie.*

J'espère avoir suffisamment développé mes idées dans les 20
chapitres précédents pour donner à penser au lecteur, et pour
le mettre à même de faire des découvertes dans cette bril-
liante carrière : il ne pourra qu'être satisfait de lui, s'il par-
vient un jour à savoir faire voyager son âme toute seule ; les
plaisirs que cette faculté lui procurera balanceront de reste 25
les *quiproquo* qui pourront en résulter. Est-il de jouissance
plus flatteuse que celle d'étendre ainsi son existence, d'occuper
à la fois la terre et les cieux, et de doubler, pour ainsi dire,
son être ? Le désir éternel, et jamais satisfait, de l'homme,
n'est-il pas d'augmenter sa puissance et ses facultés, de vouloir 30
être où il n'est pas, de rappeler le passé et de vivre dans
l'avenir ? Il veut commander les armées, présider aux acadé-
mies ; il veut être adoré des belles ; et s'il possède tout cela,
il regrette alors les champs et la tranquillité, et porte envie
à la cabane des bergers : ses projets, ses espérances, échouent 35
sans cesse contre les malheurs réels attachés à la nature

humaine: il ne saurait trouver le bonheur. Un quart-
d'heure de voyage avec moi lui en montrera le chemin.
Eh ! que ne laisse-t-il à l'*autre* ces misérables soins, cette
ambition qui le tourmente ? Viens, pauvre malheureux ! fais
5 un effort pour rompre ta prison, et du haut du ciel où je
vais te conduire, du milieu des ombres célestes et de l'empyrée,—regarde ta bête lancée dans le monde, courir toute
seule la carrière de la fortune et des honneurs: vois avec
quelle gravité elle marche parmi les hommes ; la foule s'écarte
10 avec respect, et, crois-moi, personne ne s'apercevra qu'elle
est toute seule ; c'est le moindre souci de la cohue au milieu
de laquelle elle se promène, de savoir si elle a une âme ou
non, si elle pense ou non. Mille femmes sentimentales l'aime-
ront à la fureur sans s'en apercevoir ; elle peut même s'élever,
15 sans le secours de ton âme, à la plus haute faveur et à la
plus grande fortune. Enfin je ne m'étonnerais nullement si,
à notre retour de l'empyrée, ton âme, en rentrant chez elle,
se trouvait dans la bête d'un grand seigneur.

X. *Le Portrait.*

20 Qu'on n'aille pas croire qu'au lieu de tenir ma parole,
en donnant la description de mon voyage autour de ma
chambre, je bats la campagne pour me tirer d'affaire ; on
se tromperait fort, car mon voyage continue réellement, et
pendant que mon-âme, se repliant sur elle-même, parcourait,
25 dans le chapitre précédent, les détours tortueux de la métaphysique,—j'étais dans mon fauteuil, sur lequel je m'étais
renversé de manière que ses deux pieds antérieurs étaient
élevés à deux pouces de terre ; et, tout en me balançant
à droite et à gauche et gagnant du terrain, j'étais insensible-
30 ment parvenu tout près de la muraille :—c'est la manière dont
je voyage lorsque je ne suis pas pressé :—là, ma main s'était
emparée machinalement du portrait de Madame de Hautcastel,
et l'*autre* s'amusait à ôter la poussière qui le couvrait. Cette
occupation lui donnait un plaisir tranquille, et ce plaisir se
35 faisait sentir à mon âme, quoiqu'elle fût perdue dans les vastes
plaines du ciel ; car il est bon d'observer que, lorsque l'esprit

voyage ainsi dans l'espace, il tient toujours aux sens par je
ne sais quel lien secret; en sorte que, sans se déranger de ses
occupations, il peut prendre part aux jouissances paisibles
de l'*autre*; mais si ce plaisir augmente à un certain point,
ou si elle est frappée par quelque spectacle inattendu, l'âme 5
aussitôt reprend sa place avec la vitesse de l'éclair.

C'est ce qui m'arriva tandis que je nettoyais le portrait.

À mesure que le linge enlevait la poussière et faisait paraître des boucles de cheveux blonds, et la guirlande de roses
dont ils sont couronnés, mon âme, depuis le soleil où elle 10
s'était transportée, sentit un léger frémissement de plaisir et
partagea sympathiquement la jouissance de mon cœur. Cette
jouissance devint moins confuse, et plus vive, lorsque le linge
d'un seul coup découvrit le front éclatant de cette charmante
physionomie; mon âme fut sur le point de quitter les cieux 15
pour jouir du spectacle. Mais se fût-elle trouvée dans les
Champs Élysées, eût-elle assisté à un concert de chérubins,
elle n'y serait pas demeurée une demi-seconde, lorsque sa
compagne, prenant toujours plus d'intérêt à son ouvrage,
s'avisa de saisir une éponge mouillée qu'on lui présentait, 20
et de la passer tout à coup sur les sourcils et les yeux,—sur
le nez,—sur les joues,—sur cette bouche,—ah! Dieu! le cœur
me bat,—sur le menton. Ce fut l'affaire d'un moment : toute
la figure parut renaître et sortir du néant. Mon âme se
précipita du ciel comme une étoile tombante; elle trouva 25
l'*autre* dans une extase ravissante, et parvint à l'augmenter
en la partageant. Cette situation singulière et imprévue fit
disparaître le temps et l'espace pour moi. J'existai pour un
instant dans le passé, et je rajeunis contre l'ordre de la
nature. Oui, la voilà, cette femme adorée, c'est elle, elle- 30
même; je la vois qui sourit, elle va parler pour dire qu'elle
m'aime. Quel regard! viens, que je te serre contre mon
cœur, âme de ma vie, ma seconde existence!—viens partager
mon ivresse et mon bonheur! Ce moment fut court, mais
il fut ravissant; la froide raison reprit bientôt son empire, et, 35
dans l'espace d'un clin d'œil, je vieillis d'une année entière :
—mon cœur devint froid, glacé, et je me trouvai de niveau
avec la foule des indifférents qui pèsent sur la globe.

XI. *Rose et Blanc.*

Il ne faut pas anticiper sur les événements : l'empressement
de communiquer au lecteur mon système de l'âme et de la
bête m'a fait abandonner la description de mon lit plutôt
5 que je ne devais.   Lorsque je l'aurai terminée, je reprendrai
mon voyage à l'endroit où je l'ai interrompu dans le chapitre
précédent.   Je vous prie seulement de vous ressouvenir que
nous avons laissé la moitié de moi-même, tenant le portrait
de Madame de Hautcastel tout près de la muraille, à quatre
10 pas de mon bureau.   J'avais oublié, en parlant de mon lit,
de conseiller à tout homme qui le pourra d'avoir un lit
couleur de rose et blanc : il est certain que les couleurs
influent sur nous au point de nous égayer ou de nous attrister,
suivant leurs nuances.   Le rose et le blanc sont deux couleurs
15 consacrées au plaisir et à la félicité.   La nature, en les donnant à la rose, lui a donné la couronne de l'empire de Flore ;
—et lorsque le ciel veut annoncer une belle journée au
monde, il colore les nues de cette teinte charmante au lever
du soleil.

20   Un jour nous montions avec peine le long d'un sentier
rapide ; l'aimable Rosalie était en avant : son agilité lui donnait des ailes ; nous ne pouvions la suivre :—tout à coup,
arrivée au sommet d'un tertre, elle se tourna vers nous pour
reprendre haleine, et sourit à notre lenteur.   Jamais, peut-
25 être, les deux couleurs dont je fais l'éloge n'avaient ainsi
triomphé.   Ses joues enflammées, ses lèvres de corail, ses
dents brillantes, son cou d'albâtre, sur un fond de verdure,
frappèrent tous les regards.   Il fallut nous arrêter pour la
contempler ; je ne dis rien de ses yeux bleus, ni du regard
30 qu'elle jeta sur nous, parce que je sortirais de mon sujet, et
que d'ailleurs je n'y pense jamais que le moins qu'il m'est
possible.   Il me suffit d'avoir donné le plus bel exemple
possible de la supériorité de ces deux couleurs sur toutes
les autres, et de leur influence sur le bonheur des hommes.

35   Je n'irai pas plus avant aujourd'hui.   Quel sujet pourrais-je
traiter qui ne fût insipide ?   Quelle idée n'est pas effacée
par cette idée ?   Je ne sais même quand je pourrai me

remettre à l'ouvrage. Si je le continue, et que le lecteur désire en voir la fin, qu'il s'adresse à l'ange distributeur des pensées, et qu'il le prie de ne plus mêler l'image de ce tertre parmi la foule des pensées décousues qu'il me jette à tout instant. 5
Sans cette précaution, c'en est fait de mon voyage.

XII. *Le Tertre.*

. . . .
. . . .
. . . . 10
. . . .
. . . .
. . . .

XIII. *Étape.*

Mes efforts sont vains : il faut remettre la partie, et séjour- 15
ner ici malgré moi ; c'est une étape militaire.

XIV. *Joannetti.*

J'ai dit que j'aimais singulièrement à méditer dans la douce chaleur de mon lit, et que sa couleur agréable contribue beaucoup au plaisir que j'y trouve. 20
Pour me procurer ce plaisir, mon domestique a ordre d'entrer dans ma chambre une demi-heure avant celle où j'ai résolu de me lever. Je l'entends marcher légèrement et tripoter dans ma chambre avec discrétion, et ce bruit me donne l'agrément de me sentir sommeiller : plaisir délicat et inconnu de 25
bien des gens ! On est assez éveillé pour s'apercevoir qu'on ne l'est pas tout à fait, et pour calculer confusément que l'heure des affaires et des ennuis est encore dans le sablier du temps. Insensiblement mon homme devient plus bruyant : il est si difficile de se contraindre ! d'ailleurs il sait que l'heure 30
fatale s'approche. Il regarde à ma montre et fait sonner les

breloques pour m'avertir, mais je fais la sourde oreille ; et,
pour allonger encore cette heure charmante, il n'est sorte de
chicanes que je ne fasse à ce pauvre malheureux. J'ai cent
ordres préliminaires à lui donner pour gagner du temps. Il
5 sait fort bien que ces ordres que je lui donne d'assez mauvaise
humeur ne sont que des prétextes pour rester au lit sans
paraitre le désirer. Il ne fait pas semblant de s'en apercevoir,
et je lui en suis vraiment reconnaissant.

Enfin, lorsque j'ai épuisé toutes mes ressources, il s'avance
10 au milieu de la chambre, et se plante là, les bras croisés, dans
la plus parfaite immobilité. On m'avouera qu'il n'est pas
possible de désapprouver ma paresse avec plus d'esprit et de
discrétion : aussi je ne résiste jamais à cette invitation tacite ;
j'étends les bras pour lui témoigner que j'ai compris, et me
15 voilà assis.

Si le lecteur réfléchit sur la conduite de mon domestique, il
pourra se convaincre que, dans certaines affaires délicates du
genre de celle-ci, la simplicité et le bon sens valent infiniment
mieux que l'esprit le plus adroit. J'ose assurer que le discours
20 le plus étudié sur les inconvénients de la paresse ne me dé-
ciderait pas à sortir aussi promptement de mon lit que le
reproche muet de Monsieur Joannetti.

C'est un parfait honnête homme que Monsieur Joannetti,
et en même temps celui de tous les hommes qui convenait le
25 plus à un voyageur comme moi. Il est accoutumé aux fréquents voyages de mon âme, et ne rit jamais des inconsé-
quences de l'*autre* ; il la dirige même quelquefois lorsqu'elle
est seule, en sorte qu'on pourrait dire alors qu'elle est conduite
par deux âmes. Lorsqu'elle s'habille, par exemple, il l'avertit
30 par un signe qu'elle est sur le point de mettre ses bas à l'envers, ou son habit avant sa veste. Mon âme s'est souvent
amusée à voir le pauvre Joannetti courir après la folle sous les
berceaux de la citadelle pour l'avertir qu'elle avait oublié son
chapeau, une autre fois son mouchoir.

35   Un jour (l'avouerai-je ?) sans ce fidèle domestique, qui la
rattrapa au bas de l'escalier, l'étourdie s'acheminait vers la
cour sans épée, aussi hardiment que le grand-maître des
cérémonies portant l'auguste baguette.

XV. *Une Difficulté.*

'Tiens, Joannetti,' lui dis-je, 'raccroche ce portrait;'—il
s'était aidé à le nettoyer, et ne se doutait non plus de tout ce
qui a produit le chapitre du portrait que de ce qui se passe
dans la lune. C'était lui qui, de son propre mouvement, 5
m'avait présenté l'éponge mouillée, et qui, par cette démarche
en apparence indifférente, avait fait parcourir à mon âme cent
millions de lieues en un instant. Au lieu de le remettre à sa
place, il le tenait pour l'examiner à son tour. Une difficulté, un
problème à résoudre lui donnait un air de curiosité que je re- 10
marquai. 'Voyons,' lui dis-je, 'que trouves-tu à redire dans ce
portrait?' 'Oh! rien, Monsieur.' 'Mais encore?' Il le posa
debout sur une des tablettes de mon bureau, puis, s'éloignant de
quelques pas :—'Je voudrais,' dit-il, 'que Monsieur m'expliquât
pourquoi ce portrait regarde toujours, quel que soit l'endroit 15
de la chambre où l'on se trouve : le matin, lorsque je fais le lit,
la figure se tourne vers moi, et, si je vais à la fenêtre, elle me
regarde encore et me suit des yeux en chemin.' 'En sorte,
Joannetti,' lui dis-je, 'que si ma chambre était pleine de
monde, cette belle dame lorgnerait de tout côté et tout le 20
monde à la fois?' 'Oh! oui, Monsieur.' 'Elle sourirait aux
allants et aux venants tout comme à moi?' Joannetti ne
répondit rien. Je m'étendis dans mon fauteuil et, baissant ma
tête, je me livrai aux méditations les plus sérieuses. Quel
trait de lumière! Pauvre amant! tandis que tu te morfonds 25
loin de ta maîtresse, auprès de laquelle tu es peut-être déjà
remplacé; tandis que tu fixes avidement tes yeux sur son
portrait et que tu t'imagines (au moins en peinture) être le
seul regardé,—la perfide effigie, aussi infidèle que l'original,
porte ses regards sur tout ce qui l'entoure et sourit à tout le 30
monde!

Voilà une ressemblance morale entre certains portraits et
leurs modèles, qu'aucun philosophe, aucun peintre, aucun ob-
servateur n'avait encore aperçue.

Je marche de découvertes en découvertes.   35

XVI. *Solution.*

Joannetti était toujours dans la même attitude en attendant
l'explication qu'il m'avait demandée. Je sortis la tête des plis
de mon habit de voyage où je l'avais enfoncée pour méditer
5 plus à mon aise, et après un moment de silence, pour me
remettre des tristes réflexions que je venais de faire :—'Ne
vois-tu pas, Joannetti,' lui dis-je en tournant mon fauteuil de
son côté, 'ne vois-tu pas qu'un tableau étant une surface
plane, les rayons de lumière qui partent de chaque point de
10 cette surface . . . ?' Joannetti, à cette explication, ouvrit
tellement les yeux qu'il en laissait voir la prunelle tout entière ;
il avait en outre la bouche entr'ouverte : ces deux mouvements
dans la figure humaine annoncent, selon le fameux Le Brun,
le dernier période de l'étonnement. C'était ma bête, sans
15 doute, qui avait entrepris une semblable dissertation ; mon
âme savait de reste que Joannetti ignore complètement ce
que c'est qu'une surface plane, et encore plus ce que sont des
rayons de lumière : la prodigieuse dilatation de ses paupières
m'ayant fait rentrer en moi-même, je remis la tête dans le
20 collet de mon habit de voyage, et je l'y enfonçai tellement
que je parvins à la cacher presque tout entière.

Je résolus de dîner en cet endroit ; la matinée était fort
avancée ; un pas de plus dans ma chambre aurait porté mon
dîner à la nuit. Je me glissai jusqu'au bord de mon fauteuil,
25 et mettant les deux pieds sur la cheminée, j'attendis patiem-
ment le repas. C'est une attitude délicieuse que celle-là : il
serait, je crois, bien difficile d'en trouver une autre qui réunît
autant d'avantages, et qui fût aussi commode pour les séjours
inévitables dans un long voyage.

30 Rosine, ma chienne fidèle, ne manque jamais de venir alors
tirailler les basques de mon habit de voyage, pour que je la
prenne sur moi ; elle y trouve un lit tout arrangé et fort commode au sommet de l'angle que forment les deux parties de
mon corps : un V consonne représente à merveille ma situa-
35 tion. Rosine s'élance sur moi, si je ne la prends pas assez
tôt à son gré. Je la trouve souvent là sans savoir comment
elle y est venue. Mes mains s'arrangent d'elles-mêmes de la

manière la plus favorable à son bien-être, soit qu'il y ait une sympathie entre cette aimable bête et la mienne, soit que le hasard seul en décide. Mais je ne crois point au hasard, à ce triste système, — à ce mot qui ne signifie rien. Je croirais plutôt au magnétisme ; — je croirais plutôt au Martinisme. 5 Non, je n'y croirai jamais.

Il y a une telle réalité dans les rapports qui existent entre ces deux animaux, que lorsque je mets les deux pieds sur la cheminée, par pure distraction, lorsque l'heure du dîner est encore éloignée, et que je ne pense nullement à prendre l'étape, 10 toutefois Rosine, présente à ce mouvement, trahit le plaisir qu'elle éprouve en remuant légèrement la queue : la discrétion la retient à sa place ; et l'autre qui s'en aperçoit lui en sait gré, quoique incapable de raisonner sur la cause qui le produit. Il s'établit ainsi entre elles un dialogue muet, un rapport de 15 sensations très-agréable, et qui ne saurait absolument être attribué au hasard.

XVII. *Rosine.*

Qu'on ne me reproche point d'être prolixe dans les détails : c'est la manière des voyageurs. Lorsqu'on part pour monter 20 sur le mont Blanc, lorsqu'on va visiter la large ouverture du tombeau d'Empédocle, on ne manque jamais de décrire exactement les moindres circonstances : le nombre des personnes, celui des mulets, la qualité des provisions, l'excellent appétit des voyageurs, tout enfin, jusqu'aux faux pas des 25 montures, est soigneusement enregistré dans le journal pour l'instruction de l'univers sédentaire.

Sur ce principe, j'ai résolu de parler de ma chère Rosine, aimable animal que j'aime d'une véritable affection, et de lui consacrer un chapitre tout entier. 30

Depuis six ans que nous vivons ensemble, il n'y a pas eu le moindre refroidissement entre nous ; ou, s'il s'est élevé entre elle et moi quelques petites altercations, j'avoue de bonne foi que le plus grand tort a toujours été de mon côté, et que Rosine a toujours fait les premiers pas vers la 35 réconciliation.

Le soir, lorsqu'elle a été grondée, elle se retire tristement et sans murmurer: le lendemain, à la pointe du jour, elle est auprès de mon lit dans une attitude respectueuse, et au moindre mouvement de son maître, au premier signe du
5 réveil, elle annonce sa présence par les battements précipités de sa queue sur ma table de nuit.

Et pourquoi refuserais-je mon affection à cet être caressant qui n'a jamais cessé de m'aimer depuis l'époque où nous avons commencé de vivre ensemble? ma mémoire ne suffirait
10 pas à faire l'énumération des personnes qui se sont intéressées à moi, et qui m'ont oublié. J'ai eu quelques amis, plusieurs maîtresses, une foule de liaisons, encore plus de connaissances; —et maintenant je ne suis plus rien pour tout ce monde, qui a oublié jusqu'à mon nom.
15 Que de protestations, que d'offres de services! Je pouvais compter sur leur fortune, sur une amitié éternelle et sans réserve!

Ma chère Rosine, qui ne m'a point offert de services, me rend le plus grand service qu'on puisse rendre à l'humanité:
20 elle m'aimait jadis, et m'aime encore aujourd'hui. Aussi, je ne crains point de le dire, je l'aime avec une portion du même sentiment que j'accorde à mes amis.

Qu'on en dise ce qu'on voudra.

XVIII. *Discrétion.*

25 Nous avons laissé Joannetti dans l'attitude de l'étonnement, immobile devant moi, attendant la fin de la sublime explication que j'avais commencée.

Lorsqu'il me vit enfoncer tout à coup la tête dans ma robe de chambre et finir ainsi mon explication, il ne douta pas
30 un instant que je ne fusse resté court faute de bonnes raisons, et de m'avoir par conséquent terrassé par la difficulté qu'il m'avait proposée.

Malgré la supériorité qu'il en acquérait sur moi, il ne sentit pas le moindre mouvement d'orgueil, et ne chercha point à
35 profiter de son avantage. Après un petit moment de silence, il prit le portrait, le remit à sa place, et se retira légèrement

sur la pointe du pied. Il sentait bien que sa présence était une espèce d'humiliation pour moi, et sa délicatesse lui suggéra de se retirer, sans m'en laisser apercevoir. Sa conduite, dans cette occasion, m'intéressa vivement, et le plaça toujours plus avant dans mon cœur. Il aura, sans doute, une place 5 dans celui du lecteur ; et s'il en est quelqu'un assez insensible pour la lui refuser après avoir lu le chapitre suivant, le ciel lui a sans doute donné un cœur de marbre.

XIX. *Une Larme.*

'Morbleu !' lui dis-je un jour, 'c'est pour la troisième fois que 10 je vous ordonne de m'acheter une brosse. Quelle tête ! quel animal !' Il ne répondit pas un mot : il n'avait rien répondu la veille à une pareille incartade. ' Il est si exact !' disais-je ; je n'y concevais rien. ' Allez chercher un linge pour nettoyer mes souliers,' lui dis-je en colère. Pendant qu'il allait, je 15 me repentais de l'avoir ainsi brusqué. Mon courroux passa tout à fait lorsque je vis le soin avec lequel il tâchait d'ôter la poussière de mes souliers sans toucher à mes bas. J'appuyai ma main sur lui en signe de réconciliation. ' Quoi !' dis-je alors en moi-même, 'il y a donc des hommes qui décrottent 20 les souliers des autres pour de l'argent ?' Ce mot *d'argent* fut un trait de lumière qui vint m'éclairer. Je me ressouvins tout à coup qu'il y avait longtemps que je n'en avais point donné à mon domestique. ' Joannetti,' lui dis-je en retirant mon pied, ' avez-vous de l'argent ?' Un demi-sourire de justi- 25 fication parut sur ses lèvres à cette demande. 'Non, Monsieur, et il y a huit jours que je n'ai pas un sol ; j'ai dépensé tout ce qui m'appartenait pour vos petites emplettes.' ' Et la brosse ? C'est sans doute pour cela ?' . . . Il sourit encore. Il aurait pu dire à son maître : 'Non, je ne suis point une tête vide, 30 un animal, comme vous avez eu la cruauté de le dire à votre fidèle serviteur. Payez-moi 23 liv. 10 sols 4 den. que vous me devez, et je vous achèterai votre brosse.' Il se laissa maltraiter injustement plutôt que d'exposer son maître à rougir de sa colère.

Que le ciel le bénisse ! Philosophes ! chrétiens ! avez-vous lu ?

'Tiens, Joannetti,'lui dis-je, 'tiens, cours acheter la brosse.' 'Mais, Monsieur, voulez-vous rester ainsi avec un soulier blanc 5 et l'autre noir ? ' 'Va, te dis-je, acheter la brosse ; laisse, laisse cette poussière sur mon soulier.' Il sortit ; je pris le linge, et je nettoyai délicieusement mon soulier gauche sur lequel je laissai tomber une larme de repentir.

XX. *Albert et Charlotte.*

10 Les murs de ma chambre sont garnis d'estampes et de tableaux qui l'embellissent singulièrement. Je voudrais de tout mon cœur les faire examiner au lecteur les uns après les autres, pour l'amuser et le distraire de long du chemin que nous devons encore parcourir pour arriver à mon bureau ; 15 mais il est aussi impossible d'expliquer clairement un tableau que de faire un portrait ressemblant d'après une description.

Quelle émotion n'éprouverait-il pas, par exemple, en contemplant la première estampe qui se présente aux regards ! Il y verrait la malheureuse Charlotte, essuyant lentement et 20 d'une main tremblante les pistolets d'Albert. De noirs pressentiments et toutes les angoisses de l'amour, sans espoir et sans consolation, sont empreints sur sa physionomie, tandis que le froid Albert, entouré de sacs de procès et de vieux papiers de toute espèce, se retourne froidement pour souhaiter 25 un bon voyage à son ami. Combien de fois n'ai-je pas été tenté de briser la glace qui couvre cette estampe pour arracher cet Albert de sa table, pour le mettre en pièces, le fouler aux pieds ! Mais il restera toujours trop d'Alberts en ce monde. Quel est l'homme sensible qui n'a pas le sien 30 avec lequel il est obligé de vivre, et contre lequel les épanchements de l'âme, les douces émotions du cœur et les élans de l'imagination, vont se briser comme les flots sur les rochers ? Heureux celui qui trouve un ami dont le cœur et l'esprit lui conviennent ; un ami qui s'unisse à lui par 35 une conformité de goûts, de sentiments et de connaissances ; un ami qui ne soit pas tourmenté par l'ambition ou l'intérêt ;

—qui préfère l'ombre d'un arbre à la pompe d'une cour!
Heureux celui qui possède un ami!

XXI.　*Un Ami.*

J'en avais un; la mort me l'a ôté; elle l'a saisi au commencement de sa carrière, au moment où son amitié était de- 5
venue un besoin pressant pour mon cœur. Nous nous souteuions
mutuellement dans les travaux pénibles de la guerre; nous
n'avions qu'une pipe à nous deux; nous buvions dans la même
coupe; nous couchions sous la même toile, et dans les circonstances malheureuses où nous sommes, l'endroit où nous 10
vivions ensemble était pour nous une nouvelle patrie.　Je
l'ai vu en butte à tous les périls de la guerre, et d'une guerre
désastreuse.　La mort semblait nous épargner l'un pour
l'autre; elle épuisa mille fois ses traits autour de lui sans
l'atteindre, mais c'était pour me rendre sa perte plus sensible. 15
Le tumulte des armes, l'enthousiasme qui s'empare de l'âme
à l'aspect du danger, auraient peut-être empêché ses cris
d'aller jusqu'à mon cœur.　Sa mort eût été utile à son pays
et funeste aux ennemis.　Je l'aurais moins regretté;—mais
le perdre au milieu des délices d'un quartier d'hiver! le voir 20
expirer dans mes bras au moment où il paraissait regorger
de santé; au moment où notre liaison se resserrait encore
dans le repos et la tranquilité!　Ah! je ne m'en consolerai
jamais.

Cependant sa mémoire ne vit plus que dans mon cœur; 25
elle n'existe plus parmi ceux qui l'environnaient et qui l'ont
remplacé; cette idée me rend plus pénible le sentiment de sa
perte.

La nature, indifférente de même au sort des individus,
remet sa robe brillante du printemps, et se pare de toute 30
sa beauté autour du cimetière où il repose.　Les arbres se
couvrent de feuilles et entrelacent leurs branches; les oiseaux
chantent sous le feuillage; les mouches bourdonnent parmi
les fleurs; tout respire la joie et la vie dans le séjour de
la mort;—et le soir, tandis que la lune brille dans le ciel, 35
et que je médite près de ce triste lieu, j'entends le grillon

poursuivre gaîment son chant infatigable, caché dans l'herbe qui couvre la tombe silencieuse de mon ami. La destruction insensible des êtres et tous les malheurs de l'humanité sont comptés pour rien dans le grand tout. La mort d'un homme 5 sensible qui expire au milieu de ses amis désolés, et celle d'un papillon que l'air froid du matin fait périr dans le çalice d'une fleur, sont deux époques semblables dans le cours de la nature. L'homme n'est rien qu'un fantôme, une ombre, une vapeur qui se dissipe dans les airs.

10 Mais l'aube matinale commence à blanchir le ciel ; les noires idées qui m'agitaient s'évanouissent avec la nuit, et l'espérance renaît dans mon cœur. Non, Celui qui inonde ainsi l'orient de lumière ne l'a ppint fait briller à mes regards pour me plonger bientôt dans la nuit du néant. Celui. qui 15 étendit cet horizon incommensurable, Celui qui éleva ces masses énormes, dont le soleil dore les sommets glacés, est aussi Celui qui a ordonné à mon cœur de battre et à mon esprit de penser.

Non, mon ami n'est point entré dans le néant ; quelle que 20 soit la barrière qui nous sépare, je le reverrai. Ce n'est point sur un syllogisme que je fonde mon espérance. Le vol d'un insecte qui traverse les airs suffit pour me persuader ; et souvent l'aspect de la campagne, le parfum des airs, et je ne sais quel charme répandu autour de moi, élèvent telle-25 ment mes pensées, qu'une preuve invincible de l'immor-talité entre avec violence dans mon âme et l'occupe tout entière.

XXII. *Jenny.*

Depuis longtemps le chapitre que je viéns d'écrire se 30 présentait à ma plume, et je l'avais toujours rejeté. Je m'étais promis de ne laisser voir dans ce livre que la face riante de mon âme ; mais ce projet m'a échappé comme tant d'autres ; j'espère que le lecteur sensible me pardonnera de lui avoir demandé quelques larmes ; et si quelqu'un trouve 35 qu'à la vérité[1] j'aurais pu retrancher ce triste chapitre, il

---

[1] Voyez le Roman de Werther, Lettre 28, 12 Août.

peut le déchirer dans son exemplaire, ou même jeter le livre au feu.

Il me suffit que tu le trouves selon ton cœur, ma chère Jenny, toi, la meilleure et la plus aimée des femmes;—toi, la meilleure et la plus aimée des sœurs; c'est à toi que je 5 dédie mon ouvrage; s'il a ton approbation, il aura celle de tous les cœurs sensibles et délicats; et si tu pardonnes aux folies qui m'échappent quelquefois malgré moi, je brave tous les censeurs de l'univers.

XXIII. *Le Musée.*   10

Je ne dirai qu'un mot de l'estampe suivante.

C'est la famille du malheureux Ugolin, expirant de faim: autour de lui, un de ses fils est étendu sans mouvement à ses pieds; les autres lui tendent leurs bras affaiblis, et lui demandent du pain, tandis que le malheureux père, appuyé 15 contre une colonne de la prison, l'œil fixe et hagard, le visage immobile—dans l'horrible tranquillité que donne le dernier période du désespoir, meurt à la fois de sa propre mort et de celle de tous ses enfants, et souffre tout ce que la nature humaine peut souffrir.   20

Brave chevalier d'Assas, te voilà expirant sous cent baïonnettes, par un effort de courage, par un héroïsme qu'on ne connaît plus de nos jours.

Et toi qui pleures sous ces palmiers, malheureuse négresse! toi qu'un barbare, qui sans doute n'était pas Anglais, a trahie 25 et délaissée:—que dis-je? toi qu'il a eu la cruauté de vendre comme une vile esclave, malgré ton amour et tes services, malgré le fruit de sa tendresse que tu portais dans ton sein,— je ne passerai point devant ton image sans te rendre l'hommage qui est dû à ta sensibilité et à tes malheurs.   30

Arrêtons-nous un instant devant cet autre tableau: c'est une jeune bergère qui garde toute seule son troupeau sur le sommet des Alpes: elle est assise sur un vieux tronc de sapin renversé et blanchi par les hivers; ses pieds sont recouverts par les larges feuilles d'une touffe de cacalia, dont 35 la fleur lilas s'élève au-dessus de sa tête. La lavande, le

thym, l'anémone, la centaurée, des fleurs de toute espèce
qu'on cultive avec peine dans nos serres et nos jardins, et
qui naissent sur les Alpes dans toute leur beauté primitive,
forment le tapis brillant sur lequel errent ses brebis.

5 Aimable bergère, dis-moi où se,trouve l'heureux coin de
terre que tu habites?' De quelle bergerie éloignée es-tu
partie ce matin au lever de l'aurore? Ne pourrais-je y
aller vivre avec toi?

Mais, hélas! la douce tranquillité dont tu jouis ne tardera
10 pas à s'évanouir: le démon de la guerre, non content de
désoler les cités, va bientôt porter le trouble et l'épouvante
jusque dans ta retraite solitaire. Déjà les soldats s'avan-
cent; je les vois gravir de montagnes en montagnes et
s'approcher des nues. Le bruit du canon se fait entendre
15 dans le séjour élevé du tonnerre.

Fuis, bergère, presse ton troupeau; cache toi dans les
autres les plus reculés et les plus sauvages; il n'est plus de
repos sur cette triste terre!

XXIV. *De la Peinture et de la Musique.*

20 Je ne sais comment cela m'arrive, depuis quelque temps
mes chapitres finissent toujours sur un ton sinistre; en vain
je fixe, en les commençant, mes regards sur quelque objet
agréable;—en vain je m'embarque par le calme, j'essuie
bientôt une bourrasque qui me fait dériver. Pour mettre
25 fin à cette agitation, qui ne me laisse pas le maître de mes
idées, et pour apaiser les battements de mon cœur que tant
d'images attendrissantes ont trop agité, je ne vois d'autre
remède qu'une dissertation. Oui, je veux mettre ce morceau
de glace sur mon cœur.

30 Et cette dissertation sera sur la peinture; car de disserter
sur tout autre objet il n'y a point moyen. Je ne puis descendre
tout à fait du point où j'étais monté tout à l'heure: d'ailleurs,
c'est le *Dada* de mon oncle Tobie.

Je voudrais dire, en passant, quelques mots sur la question
35 de la prééminence entre l'art charmant de la peinture et celui

de la musique : oui, je veux mettre quelque chose dans la balance, ne fût-ce qu'un grain de sable, un atome.

On dit en faveur du peintre qu'il laisse quelque chose après lui ; ses tableaux lui survivent et éternisent sa mémoire.

On répond que les compositeurs en musique laissent aussi 5 des opéras et des concerts :—mais la musique est sujette à la mode, et la peinture ne l'est pas. Les morceaux de musique qui attendrissaient nos aïeux sont ridicules pour les amateurs de nos jours, et on les place dans les opéras bouffons pour faire rire les neveux de ceux qu'ils faisaient pleurer 10 autrefois.

Les tableaux de Raphaël enchanteront notre postérité comme ils ont ravi nos ancêtres.

Voilà mon grain de sable.

XXV. *Objection.* 15

'Mais que m'importe à moi,' me dit un jour Madame de Hautcastel, 'que la musique de Chérubini, ou de Cimarosa diffère de celle de leurs prédécesseurs ? Que m'importe que l'ancienne musique me fasse rire, pourvu que la nouvelle m'attendrisse délicieusement ? Est-il donc nécessaire à mon 20 bonheur que mes plaisirs ressemblent à ceux de ma trisaïeule ? Que me parlez-vous de peinture, d'un art qui n'est goûté que par une classe très-peu nombreuse de personnes, tandis que la musique enchante tout ce qui respire !'

Je ne sais pas trop dans ce moment ce qu'on pourrait 25 répondre à cette observation à laquelle je ne m'attendais pas en commençant ce chapitre.

Si je l'avais prévue, peut-être je n'aurais pas entrepris cette dissertation. Et qu'on ne prenne point ceci pour un tour de musicien. Je ne le suis point, sur mon honneur !—non, je 30 ne suis pas musicien ; j'en atteste le ciel et tous ceux qui m'ont entendu jouer du violon.

Mais en supposant le mérite de l'art égal de part et d'autre, il ne faudrait pas se presser de conclure du mérite de l'art au mérite de l'artiste. On voit des enfants toucher du 35 clavecin en grands maîtres ; on n'a jamais vu un bon peintre

de douze ans. La peinture, outre le goût et le sentiment,
exige une tête pensante dont les musiciens peuvent se passer.
On voit tous les jours des hommes sans tête et sans cœur tirer
d'un violon, d'une harpe, des sons ravissants.

5   On peut élever la bête humaine à toucher du clavecin, et
lorsqu'elle est élevée par un bon maître, l'âme peut voyager
tout à son aise, tandis que les doigts vont machinalement
tirer des sons dont elle ne se mêle nullement.   On ne saurait,
au contraire, peindre la chose du monde la plus simple, sans
10 que l'âme y emploie toutes ses facultés.

Si cependant quelqu'un s'avisait de distinguer entre la
musique de composition et celle d'exécution, j'avoue qu'il
m'embarrasserait un peu.   Hélas ! si tous les faiseurs de dissertations étaient de bonne foi, c'est ainsi qu'elles finiraient
15 toutes.   En commençant l'examen d'une question, on prend
ordinairement le ton dogmatique, parce qu'on est décidé en
secret, comme je l'étais réellement pour la peinture, malgré
mon hypocrite impartialité ; mais la discussion réveille l'ob-
jection, et tout finit par le doute.

20   ## XXVI. *Raphaël.*

Maintenant que je suis plus tranquille, je vais tâcher de
parler sans émotion des deux portraits qui suivent le tableau
de la bergère des Alpes.

Raphaël ! ton portrait ne pouvait être peint que par toi-
25 même.   Quel autre eût osé l'entreprendre ?   Ta figure
ouverte, sensible, spirituelle, annonce ton caractère et ton
génie.

Pour complaire à ton ombre, j'ai placé auprès de toi le
portrait de ta maîtresse, à qui tous les hommes de tous les
30 siècles demanderont éternellement compte des ouvrages sublimes dont ta mort prématurée a privé les arts.

Lorsque j'examine le portrait de Raphaël, je me sens péné-
tré d'un respect presque religieux pour ce grand homme, qui,
à la fleur de son âge, avait surpassé toute l'antiquité, et dont
35 les tableaux font l'admiration et le désespoir des artistes
modernes.   Mon âme, en l'admirant, éprouve un mouvement

d'indignation contre cette Italienne qui préféra son amour
à son amant, et qui éteignit dans son sein ce flambeau céleste,
ce génie divin.

Malheureuse! ne savais-tu donc pas que Raphaël avait
annoncé un tableau supérieur à celui de la Transfiguration? 5
Ignorais-tu que tu serrais dans tes bras le favori de la
nature, le père de l'enthousiasme, un génie sublime,—un
dieu?

Tandis que mon âme fait ces observations, sa compagne,
en fixant un œil attentif sur la figure ravissante de cette 10
funeste beauté, se sent toute prête à lui pardonner la mort
de Raphaël.

En vain mon âme lui reproche son extravagante faiblesse,
elle n'est point écoutée. Il s'établit entre ces deux dames,
dans ces sortes d'occasions, un dialogue singulier qui finit 15
trop souvent à l'avantage du mauvais principe, et dont je
réserve un échantillon pour un autre chapitre.

Et si mon âme, par exemple, ne levait brusquement la
séance dans ce moment,—si elle laissait à l'*autre* le loisir
de contempler les formes arrondies et pleines de grâces de 20
la belle Romaine, l'intelligence perdrait misérablement sa
suprématie.

Et si, dans cette situation critique, j'obtenais tout à coup
le privilége accordé à l'heureux Pygmalion,—sans avoir la
moindre étincelle du génie qui fait pardonner à Raphaël ses 25
égarements, je serais capable,—oui, je serais capable de faire
la même mort que lui.

XXVII. *Un Tableau Parfait.*

Les estampes et les tableaux dont je viens de parler pâlis-
sent et disparaissent au premier coup d'œil qu'on jette sur 30
le tableau suivant; les ouvrages immortels de Raphaël, de
Corrége et de toute l'école d'Italie, ne soutiendraient pas
le parallèle: aussi je le garde toujours pour le dernier morceau, pour la pièce de réserve, lorsque je procure à quelque
curieux le plaisir de voyager avec moi; et je puis assurer 35
que depuis que je fais voir ce tableau sublime aux connaisseurs

et aux ignorants, aux gens du monde, aux artisans, aux femmes et aux enfants, aux animaux mêmes, j'ai toujours vu les spectateurs quelconques donner, chacun à sa manière, des signes de plaisir et d'étonnement, tant la nature y est admirable-
5 ment rendue.

Eh! quel tableau pourrait-on vous présenter, Messieurs? quel spectacle pourrait-on mettre sous vos yeux, Mesdames, plus sûr de votre suffrage que la fidèle représentation de vous-même? Le tableau dont je parle est un miroir, et personne
10 jusqu'à présent ne s'est encore avisé de le critiquer; il est, pour tous ceux qui le regardent, un tableau parfait auquel il n'y a rien à redire.

On conviendra sans doute qu'il doit être compté pour une des merveilles de la contrée où je me promène.
15 Je passerai sous silence le plaisir qu'éprouve le physicien méditant sur les étranges phénomènes de la lumière, qui représente tous les objets de la nature sur cette surface polie. Le miroir présente au voyageur sédentaire mille réflexions intéressantes, mille observations qui le rendent un objet utile
20 et précieux.

Vous que l'amour a tenu ou tient encore sous son empire, apprenez que c'est devant un miroir qu'il aiguise ses traits et médite ses cruautés; c'est là qu'il répète ses manœuvres, qu'il étudie ses mouvements, qu'il se prépare d'avance à la
25 guerre qu'il veut déclarer; c'est là qu'il s'exerce aux doux regards, aux petites mines, aux bouderies savantes, comme un acteur s'exerce en face de lui-même avant de se présenter au public.

Toujours impartial et vrai, un miroir renvoie aux yeux
30 du spectateur les roses de la jeunesse et les rides de l'âge, sans calomnier et sans flatter personne. Seul entre tous les conseillers des grands, il leur dit constamment la vérité.

Cet avantage m'avait fait désirer l'invention d'un miroir
35 moral, où tous les hommes pourraient se voir avec leurs vices et leurs vertus. Je songeais même à proposer un prix à quelque académie pour cette découverte, lorsque de mûres réflexions m'en ont prouvé l'inutilité.

Hélas! il est si rare que la laideur se reconnaisse et casse le miroir! en vain les glaces se multiplient autour de nous et réfléchissent avec une exactitude géométrique la lumière et la vérité: au moment où les rayons vont pénétrer dans notre œil et nous peindre tels que nous sommes, l'amour- 5 propre glisse son prisme trompeur entre nous et notre image, et nous présente une divinité.

Et de tous les prismes qui ont existé depuis le premier qui sortit des mains de l'immortel Newton, aucun n'a possédé une force de réfraction aussi puissante, et ne produit des 10 couleurs aussi agréables et aussi vives que le prisme de l'amour-propre.

Or, puisque les miroirs communs annoncent en vain la vérité, et que chacun est content de sa figure, puisqu'ils ne peuvent faire connaître aux hommes leurs imperfections 15 physiques, à quoi servirait mon miroir moral? Peu de monde y jetterait les yeux, et personne ne s'y reconnaîtrait. Les philosophes seuls perdraient leur temps à se mirer. J'en doute même un peu.

En prenant le miroir pour ce qu'il est, j'espère que per- 20 sonne ne me blâmera de l'avoir placé au-dessus de tous les tableaux de l'école d'Italie.

Les dames, dont le goût ne saurait être faux, et dont la décision doit tout régler, jettent ordinairement leur premier coup d'œil sur ce tableau lorsqu'elles entrent dans un ap- 25 partement.

J'ai vu mille fois des dames, et même des damoiseaux, oublier au bal leurs amants ou leurs maîtresses, la danse et tous les plaisirs de la fête, pour contempler, avec une complaisance marquée, ce tableau enchanteur,—et l'honorer 30 même de temps à autre d'un coup d'œil au milieu de la contredanse la plus animée.

Qui pourrait donc lui disputer le rang que je lui accorde parmi les chefs-d'œuvre de l'art d'Apelles?

XXVIII. *La Voiture Versée.*

J'étais enfin arrivé tout près de mon bureau; déjà même, en allongeant le bras, j'aurais pu en toucher l'angle le plus voisin de moi, lorsque je me vis au moment de voir détruire
5 le fruit de tous mes travaux et de perdre la vie. Je devrais passer sous silence l'accident qui m'arriva pour ne pas décourager les voyageurs; mais il est si difficile de verser dans la chaise de poste dont je me sers qu'on sera forcé de convenir qu'il faut être malheureux au dernier point,—aussi mal-
10 heureux que je le suis, pour courir un semblable danger.

Je me trouvai étendu par terre, complétement versé et renversé, et cela si vite, si inopinément, que j'aurais été tenté de révoquer en doute mon malheur, si un tintement dans la tête et une violente douleur à l'épaule gauche ne m'en avaient
15 trop évidemment prouvé l'authenticité.

Ce fut encore un mauvais tour de ma moitié. Effrayée par la voix d'un pauvre qui demanda tout à coup l'aumône à ma porte et par les aboiements de Rosine, elle fit tourner brusquement mon fauteuil, avant que mon âme eût le temps
20 de l'avertir qu'il manquait une brique derrière; l'impulsion fut si violente que ma chaise de poste se trouva absolument hors de son centre de gravité et se renversa sur moi.

Voici, je l'avoue, une des occasions où j'ai eu le plus à me plaindre de mon âme; car, au lieu d'être fâchée de
25 l'absence qu'elle venait de faire et de tancer sa compagne sur sa précipitation, elle s'oublia au point de partager le ressentiment le plus animal et de maltraiter, de paroles, ce pauvre innocent. 'Fainéant! allez travailler,' lui dit-elle. (Apostrophe exécrable, inventée par l'avare et cruelle richesse!)
30 'Monsieur,' dit-il alors pour m'attendrir, 'je suis de Chambéry.' 'Tant pis pour vous!' 'Je suis Jacques, c'est moi que vous avez vu à la campagne; c'est moi qui menais les moutons aux champs.' 'Que venez-vous faire ici?' Mon âme commençait à se repentir de la brutalité de mes premières
35 paroles. Je crois même qu'elle s'en était repentie un instant avant de les laisser échapper. C'est ainsi que lorsqu'on

rencontre inopinément dans sa course un fossé ou un bourbier,
on le voit, mais on n'a plus le temps de l'éviter.

Rosine acheva de me ramener au bon sens et au repentir :
elle avait reconnu Jacques, qui avait souvent partagé son
pain avec elle, et lui témoignait, par ses caresses, son souvenir 5
et sa reconnaissance.

Pendant ce temps, Joannetti ayant rassemblé les restes de
mon dîner, qui étaient destinés pour le sien, les donna sans
hésiter à Jacques.

Pauvre Joannetti !   10

C'est ainsi que dans mon voyage je vais ·prenant des
leçons de philosophie et d'humanité de mon domestique et
de mon chien.

XXIX. *Le Malheur.*

Avant d'aller plus loin, je veux détruire un doute qui 15
pourrait s'être introduit dans l'esprit de mes lecteurs.

Je ne voudrais pas, pour tout au monde, qu'on me soup-
çonnât d'avoir entrepris ce voyage uniquement pour ne savoir
que faire, et forcé, en quelque sorte, par les circonstances :
j'assure ici, et je jure par tout ce qui m'est cher, que j'avais 20
le dessein de l'entreprendre longtemps avant l'événement
qui m'a fait perdre ma liberté pendant quarante-deux jours.
Cette retraite forcée ne fut qu'une occasion de me mettre
en route plus tôt.

Je sais que la protestation gratuite que je fais ici paraîtra 25
suspecte à certaines personnes ;—mais je sais aussi que les
gens soupçonneux ne liront pas ce livre ;—ils ont assez d'occupation chez eux et chez leurs amis ; ils ont bien d'autres
affaires,—et les bonnes gens me croiront.

Je conviens cependant que, j'aurais préféré m'occuper de 30
ce voyage dans un autre temps, et que j'aurais choisi, pour
l'exécuter, le carême plutôt que le carnaval ; toutefois, des
réflexions philosophiques, qui me sont venues du ciel, m'ont
beaucoup aidé à supporter la privation des plaisirs que Turin
présente en foule dans ces moments de bruit et d'agitation. 35
Il est très-sûr, me disais-je, que les murs de ma chambre

ne sont pas aussi magnifiquement décorés que ceux d'une
salle de bal : le silence de ma cabine ne vaut pas l'agréable
bruit de la musique et de la danse. Mais parmi les brillants
personnages qu'on rencontre dans ces fêtes, il en est certaine-
5 ment de plus ennuyés que moi.

Et pourquoi m'attacherais-je à considérer ceux qui sont
dans une situation plus agréable, tandis que le monde four-
mille de gens plus malheureux que je ne le suis dans la
mienne? Au lieu de me transporter par l'imagination dans
10 ce superbe casin, où tant de beautés sont éclipsées par la
jeune Eugénie, pour me trouver heureux, je n'ai qu'à m'arrêter un instant le long des rues qui y conduisent. Un tas
d'infortunés, couchés à demi nus sous les portiques de ces
appartements somptueux, semblent près d'expirer de froid
15 et de misère. Quel spectacle ! Je voudrais que cette page
de mon livre fût connue de tout l'univers ; je voudrais qu'on
sût que dans cette ville, où tout respire l'opulence, pendant
les nuits les plus froides de l'hiver, une foule de malheureux
dorment à découvert, la tête appuyée contre une borne ou
20 sur le seuil d'un palais.

Ici, c'est un groupe d'enfants, serrés les uns contre les
autres pour ne pas mourir de froid. Là, c'est une femme
tremblante et sans voix pour se plaindre. Les passants vont
et viennent sans être émus d'un spectacle auquel ils sont
25 accoutumés. Le bruit des carrosses, la voix de l'intem-
pérance, les sons ravissants de la musique, se mêlent quelquefois aux cris de ces malheureux et forment une horrible
dissonance.

XXX. *La Charité.*

30   Celui qui se presserait de juger une ville d'après le chapitre
précédent se tromperait fort. J'ai parlé des pauvres qu'on
y trouve, de leurs cris pitoyables, et de l'indifférence de
certaines personnes à leur égard ; mais je n'ai rien dit de
la foule d'hommes charitables qui dorment pendant que
35 les autres s'amusent, qui se lèvent à la pointe du jour et
vont secourir l'infortune sans témoins et sans ostentation.

Non, je ne passerai point cela sous silence ;—je veux l'écrire sur le revers de la page que tout l'univers doit lire.

Après avoir ainsi partagé leur fortune avec leurs frères ; après avoir versé le baume dans ces cœurs froissés par la douleur, ils vont dans les églises, tandis que le vice fatigué 5 dort sur l'édredon, offrir à Dieu leurs prières et 'le remercier de ses bienfaits : la lumière de la lampe solitaire combat encore dans le temple celle du jour naissant, et déjà ils sont prosternés au pied des autels ;—et l'Éternel, irrité de la dureté et de l'avarice des hommes, retient sa foudre prête 10 à frapper.

XXXI. *Inventaire.*

J'ai voulu dire quelque chose de ces malheureux dans mon voyage, parce que l'idée de leur misère est souvent venue 15 me distraire en chemin. Quelquefois, frappé de la différence de leur situation et de la mienne, j'arrêtais tout à coup ma berline, et ma chambre me paraissait prodigieusement embellie. Quel luxe inutile ! Six chaises ! deux tables ! un bureau ! un miroir ! Quelle ostentation ! Mon lit surtout, 20 mon lit couleur de rose et blanc, et mes deux matelas, me semblaient défier la magnificence et la mollesse des monarques de l'Asie. Ces réflexions me rendaient indifférents les plaisirs qu'on m'avait défendus. Et de réflexions en réflexions, mon accès de philosophie devenait tel que j'aurais vu un bal 25 dans la chambre voisine, que j'aurais entendu le son des violons et des clarinettes sans remuer de ma place ;—j'aurais entendu de mes deux oreilles la voix mélodieuse de Marchesini, cette voix qui m'a si souvent mis hors de moi-même, oui, je l'aurais entendue sans m'ébranler ;—bien plus, j'aurais 30 regardé sans la moindre émotion la plus belle femme de Turin, Eugénie elle-même, parée de la tête aux pieds par les mains de mademoiselle Rapoux. Cela n'est cependant pas bien sûr.

XXXII. *Misanthropie.*

Mais, permettez-moi de vous le demander, Messieurs,
vous amusez-vous autant qu'autrefois au bal et à la comédie?
Pour moi, je vous l'avoue, depuis quelque temps toutes les
5 assemblées nombreuses m'inspirent une certaine terreur. J'y
suis assailli par un songe sinistre. En vain je fais mes efforts
pour le chasser, il revient toujours comme celui d'Athalie.
C'est peut-être parce que l'âme, inondée aujourd'hui d'idées
noires et de tableaux déchirants, trouve partout des sujets
10 de tristesse,—comme un estomac vicié convertit en poison
les aliments les plus sains. Quoi qu'il en soit, voici mon
songe:—Lorsque je suis dans une de ces fêtes au milieu
de cette foule d'hommes aimables et caressants, qui dansent,
qui chantent,—qui pleurent aux tragédies, qui n'expriment
15 que la joie, la franchise et la cordialité, je me dis:—Si dans
cette assemblée polie il entrait tout à coup un ours blanc, un
philosophe, un tigre ou quelque autre animal de cette espèce,
et que, montant à l'orchestre, il s'écriât d'une voix forcenée:
'Malheureux humains! écoutez la vérité qui vous parle
20 par ma bouche: vous êtes opprimés, tyrannisés; vous êtes
malheureux; vous êtes ennuyés. Sortez de cette léthargie.
'Vous, musiciens, commencez par briser vos instruments
sur vos têtes: que chacun s'arme d'un poignard; ne pensez
plus désormais aux délassements ni aux fêtes; montez aux
25 loges, égorgez tout le monde; que les femmes trempent aussi
leurs mains timides dans le sang.
'Sortez, vous êtres libres, arrachez votre roi de son trône,
et votre Dieu de son sanctuaire.'
Eh bien! ce que le tigre a dit, combien de ces hommes
30 charmants l'exécuteront? Combien peut-être y pensaient
avant qu'il entrât! Qui le sait? Est-ce qu'on ne dansait pas
à Paris il y a cinq ans?
Joannetti! fermez les portes et les fenêtres. Je ne veux
plus voir la lumière; qu'aucun homme n'entre dans ma
35 chambre;—mettez mon sabre à la portée de ma main;—
sortez vous-même, et ne reparaissez plus devant moi.

XXXIII. *Consolation.*

Non, non, reste, Joannetti, reste, pauvre garçon,—et toi
aussi, ma Rosine, toi qui devines mes peines et qui les
adoucis par tes caresses, viens, ma Rosine ; viens—V consonne
et séjour.   5

XXXIV. *Correspondance.*

La chûte de ma chaise de poste a rendu le service au lecteur
de raccourcir mon voyage d'une bonne douzaine de chapitres,
parce qu'en me relevant je me trouvai vis-à-vis et tout près
de mon bureau, et que je ne fus plus à temps de faire des 10
réflexions sur nombre d'estampes et de tableaux que j'avais
encore à parcourir, et qui auraient pu allonger mes excursions
sur la peinture.

En laissant donc sur la droite les portraits de Raphaël et de
sa maîtresse, le chevalier d'Assas et la bergère des Alpes, et 15
longeant sur la gauche du côté de la fenêtre, on découvre
mon bureau : c'est le premier objet et le plus apparent qui se
présente aux regards du voyageur, en suivant la route que
je viens d'indiquer.

Il est surmonté de quelques tablettes servant de biblio- 20
thèque,—le tout est couronné par un buste qui termine la
pyramide, et c'est l'objet qui contribue le plus à l'embel-
lissement du pays.

En tirant le premier tiroir à droite, on trouve une écritoire,
du papier de toute espèce, des plumes toutes taillées, de la 25
cire à cacheter.   Tout cela donnerait l'envie d'écrire à l'être
le plus indolent.

Je suis sûr, ma chère Jenny, que si tu venais à ouvrir ce
tiroir par hasard, tu répondrais à la lettre que je t'écrivis
l'an passé.   30

Dans le tiroir correspondant gisent confusément entassés
les matériaux de l'histoire attendrissante de la prisonnière de
Pignerol que vous lirez bientôt, mes chers amis.

Entre ces deux tiroirs est un enfoncement où je jette les

lettres à mesure que je les reçois ; on trouve là toutes celles
que j'ai reçues depuis dix ans ; les plus anciennes sont rangées
selon leurs dates en plusieurs paquets ; les nouvelles sont pêle-
mêle : il m'en reste plusieurs qui datent de ma première
5 jeunesse.

Quel plaisir de revoir dans ces lettres les situations intéressantes de nos jeunes années ! d'être transportés de nouveau
dans ces temps heureux que nous ne reverrons plus !

Ah ! comme mon cœur est plein, comme il jouit tristement
10 lorsque mes yeux parcourent les lignes tracées par un être qui
n'existe plus ! Voilà ses caractères, c'est son cœur qui con-
duisait sa main ; c'est à moi qu'il écrivait cette lettre, et cette
lettre est tout ce qui me reste de lui.

Lorsque je porte la main dans ce réduit, il est rare que je
15 m'en tire de toute la journée. C'est ainsi que le voyageur
traverse rapidement quelques provinces d'Italie, en faisant à
la hâte quelques observations superficielles, pour se fixer à
Rome pendant des mois entiers.

C'est la veine la plus riche de la mine que j'exploite : quel
20 changement dans mes idées et dans mes sentiments ! quelle
différence dans mes amis, lorsque je les examine alors et aujourd'hui ! Je les vois mortellement agités pour des projets
qui ne les touchent plus maintenant !

Nous regardions comme un grand malheur un événement ;
25 mais la fin de la lettre manque, et l'événement est complètement oublié ; je ne puis savoir de quoi il était question.
Mille préjugés nous assiégeaient ; le monde et les hommes
nous étaient totalement inconnus : mais aussi, quelle chaleur
dans notre commerce ! quelle liaison intime ! quelle confiance
30 sans bornes !

Nous étions heureux par nos erreurs. Et maintenant : ah !
ce n'est plus cela ; il nous a fallu lire, comme les autres, dans
le cœur humain ; et la vérité, tombant au milieu de nous,
comme une bombe, a détruit pour toujours le palais enchanté
35 de l'illusion.

XXXV. *La Rose Sèche.*

Il ne tiendrait qu'à moi de faire un chapitre sur cette rose sèche que voilà, si le sujet en valait la peine : c'est une fleur du carnaval de l'année dernière ; j'allai moi-même la cueillir dans les serres du Valentin ; et le soir, une heure avant le bal, 5 plein d'espérance et dans une agréable émotion, j'allai la présenter à madame de Hautcastel. Elle la prit,—la posa sur sa toilette, sans la regarder, et sans me regarder moi-même. Mais comment aurait-elle fait attention à moi ? elle était occupée à se regarder elle-même. Debout devant un grand 10 miroir, toute coiffée, elle mettait la dernière main à sa parure ; elle était si fort préoccupée, son attention était si totalement absorbée par des rubans, des gazes et des pompons de toute espèce amoncelés devant elle, que je n'obtins pas même un regard, un signe. Je me résignai : je tenais humblement des 15 épingles toutes prêtes arrangées dans ma main ; mais, son carreau se trouvant plus à sa portée, elle les prenait à son carreau, et, si j'avançais la main, elle les prenait de ma main, indifféremment ; et pour les prendre, elle tâtonnait, sans ôter les yeux de son miroir, de crainte de se perdre de vue. 20

Je tins quelque temps un second miroir derrière elle, pour lui faire mieux juger de sa parure ; et sa physionomie se répétant d'un miroir à l'autre, je vis alors une perspective de coquettes, dont aucune ne faisait attention à·moi. Enfin, l'avouerai-je, nous faisions, ma rose et moi, une fort triste 25 figure.

Je finis par perdre patience, et, ne pouvant plus résister au dépit qui me dévorait, je posai le miroir que je tenais à la main, et je sortis d'un air de colère et sans prendre congé.

'Vous en allez-vous ?' me dit-elle en se tournant de côté pour 30 voir sa taille de profil. Je ne répondis rien ;' mais j'écoutai quelque temps à la porte pour savoir l'effet qu'allait produire ma brusque sortie. 'Ne voyez-vous pas,' disait-elle à sa femme de chambre après un instant de silence, ' ne voyez-vous pas que ce caraco est beaucoup trop large pour ma taille, surtout en 35 bas, et qu'il faut y faire une baste avec des épingles ?'

Comment et pourquoi cette rose sèche se trouve là sur une tablette de mon bureau, c'est ce que je ne dirai certainement pas, parce que j'ai déclaré qu'une rose sèche ne méritait pas un chapitre.

5 Remarquez bien, mesdames, que je ne fais aucune réflexion sur l'aventure de la rose sèche. Je ne dis point que madame de Hautcastel ait bien ou mal fait de me préférer sa parure, ni que j'eusse le droit d'être reçu autrement.

Je me garde encore avec plus de soin d'en tirer des con-
10 séquences générales sur la réalité, la force et la durée de l'affection des dames pour leurs amis. Je me contente de jeter ce chapitre (puisque c'en est un), de le jeter, dis-je, dans le monde avec le reste du voyage, sans l'adresser à personne, et sans le recommander à personne.

15 Je n'ajouterai qu'un conseil pour vous, messieurs, c'est de vous mettre bien dans l'esprit qu'un jour de bal votre maîtresse n'est plus à vous.

Au moment où la parure commence, l'amant n'est plus qu'un mari, et le bal seul devient l'amant.

20 Tout le monde sait de reste ce que gagne un mari à vouloir se faire aimer par force : prenez donc votre mal en patience et en riant.

Et ne vous faites pas illusion, monsieur : si l'on vous voit venir avec plaisir au bal, ce n'est point en votre qualité d'amant ;
25 car vous êtes un mari : c'est parce que vous faites partie du bal, et que vous êtes, par conséquent, une fraction de sa nouvelle conquête ; vous êtes une décimale d'amant ; ou bien, peut-être, c'est parce que vous dansez bien, et que vous la ferez briller ; enfin, ce qu'il peut y avoir de plus flatteur pour
30 vous dans le bon accueil qu'elle vous fait, c'est qu'elle espère qu'en déclarant pour son amant un homme de mérite comme vous, elle excitera la jalousie de ses compagnes ; sans cette considération, elle ne vous regarderait seulement pas.

Voilà donc qui est entendu ; il faudra vous résigner et at-
35 tendre que votre rôle de mari soit passé. J'en connais plus d'un qui voudraient en être quittes à si bon marché.

XXXVI. *La Bibliothèque.*

J'ai promis un dialogue entre mon âme et l'autre ; mais il
est certains chapitres qui m'échappent, ou plutôt il en est
d'autres qui coulent de ma plume, comme malgré moi, et qui
déroutent mes projets : de ce nombre est celui de ma biblio- 5
thèque, que je ferai le plus court possible. Les quarante-deux
jours vont finir, et un espace de temps égal ne suffirait pas
pour achever la description du riche pays où je voyage si
agréablement.

Ma bibliothèque donc est composée de romans, puisqu'il 10
faut vous le dire ; oui, de romans, et de quelques poëtes
choisis.

Comme si je n'avais pas assez de mes maux, je partage
encore volontairement ceux de mille personnages imaginaires,
et je les sens aussi vivement que les miens ; que de larmes 15
n'ai-je pas versées pour cette malheureuse Clarisse et pour
l'amant de Charlotte !

Mais, si je cherche ainsi de feintes afflictions, je trouve en
revanche dans ce monde imaginaire la vertu, la bonté, le désintéressement, que je n'ai pas encore trouvés réunis dans le 20
monde réel où j'existe. J'y trouve une femme, comme je la
désire, sans humeur, sans légèreté, sans détours ; je ne dis rien
de la beauté, on peut s'en fier à mon imagination ; je la fais si
belle qu'il n'y ait rien à redire : ensuite, fermant le livre, qui
ne répond plus à mes idées, je la prends par la main, et nous 25
parcourons ensemble un pays mille fois plus délicieux que
celui d'Éden. Quel peintre pourrait représenter le paysage
enchanté où j'ai placé la divinité de mon cœur ! et quel poëte
pourra jamais décrire les sensations vives et variées que
j'éprouve dans ces régions enchantées ! 30

Combien de fois n'ai-je pas maudit ce Cléveland, qui s'embarque à tout instant dans de nouveaux malheurs qu'il pourrait éviter ! Je ne puis souffrir ce livre et cet enchaînement
de calamités ; mais, si je l'ouvre par distraction, il faut que je
le dévore jusqu'à la fin. 35

Comment laisser ce pauvre homme chez les Abaquis?
que deviendrait-il avec ces sauvages? J'ose encore moins
l'abandonner dans l'excursion qu'il fait pour sortir de sa
captivité.

5 Enfin, j'entre tellement dans ses peines, je m'intéresse si
fort à lui et à sa famille infortunée, que l'apparition inattendue
des féroces Ruintons me fait dresser les cheveux : une sueur
froide me couvre lorsque je lis ce passage, et ma frayeur est
aussi vive, aussi réelle, que si je devais être rôti moi-même
10 et mangé par cette canaille.

Lorsque j'ai assez pleuré et fait l'amour, je cherche quelque
poëte, et je pars de nouveau pour un autre monde.

XXXVII. *Une Réhabilitation.*

Depuis l'expédition des Argonautes jusqu'à l'Assemblée des
15 Notables : depuis le fin fond des enfers jusqu'à la dernière
étoile fixe au delà de la voie lactée, jusqu'aux confins de l'univers, jusqu'aux portes du chaos, voilà le vaste champ où je me
promène en long et en large, et tout à loisir ; car le temps ne
me manque pas plus que l'espace. C'est là où je transporte
20 mon existence à la suite d'Homère, de Milton, de Virgile,
d'Ossian, etc.

Tous les événements qui ont eu lieu entre ces deux époques ;
tous les pays, tous les mondes et tous les êtres qui ont existé
entre ces deux termes, tout cela est à moi, tout cela m'ap-
25 partient aussi bien, aussi légitimement que les vaisseaux
qui entraient dans le Pirée appartenaient à un certain
Athénien.

J'aime surtout les poëtes qui me transportent dans la plus
haute antiquité : la mort de l'ambitieux Agamemnon, les
30 fureurs d'Oreste, et toute l'histoire tragique de la famille
des Atrées persécutée par le ciel, m'inspirent une terreur
que les événements modernes ne sauraient faire naître en
moi.

Voilà l'urne fatale qui contient les cendres d'Oreste. Qui
35 ne frémirait à cet aspect? Électre! malheureuse sœur,

apaise-toi, c'est Oreste lui-même qui apporte l'urne, et ces cendres sont celles de ses ennemis.

On ne retrouve plus maintenant de rivages semblables à ceux du Xante ou du Scamandre ; on ne voit plus de plaines comme celles de l'Hespérie ou de l'Arcadie. Où sont aujour- 5 d'hui les îles de Lemnos et de Crète ? Où est le fameux labyrinthe ? où est le rocher qu'Ariane délaissée arrosait de ses larmes ? On ne voit plus de Thésée, encore moins d'Hercule : les hommes et même les héros d'aujourd'hui sont des pygmées. 10

Lorsque je veux ensuite me donner une scène d'enthousiasme. et jouir de toutes les forces de mon imagination, je m'attache hardiment aux plis de la robe flottante du sublime aveugle d'Albion, au moment où il s'élance dans le ciel et qu'il ose approcher du trône de l'Éternel. Quelle muse a pu le 15 soutenir à cette hauteur où nul homme, avant lui, n'avait osé porter ses regards ? De l'éblouissant parvis céleste que l'avare Mammon regardait avec des yeux d'envie je passe avec horreur dans les vastes cavernes du séjour de Satan ; j'assiste au conseil infernal ; je me mêle à la foule des esprits rebelles, 20 et j'écoute leurs discours.

Mais il faut que j'avoue ici une faiblesse que je me suis souvent reprochée.

Je ne puis m'empêcher de prendre un certain intérêt à ce pauvre Satan depuis qu'il est ainsi précipité du ciel (je parle 25 du Satan de Milton). En blâmant l'opiniâtreté de l'esprit rebelle, la fermeté qu'il montre dans l'excès du malheur et la grandeur de son courage me forcent à l'admiration, malgré moi ; quoique je n'ignore pas les malheurs dérivés de la funeste entreprise qui le conduisit à forcer les portes des enfers, pour 30 venir troubler le ménage de nos premiers parents, je ne puis, quoi que je fasse, souhaiter un moment de le voir périr en chemin dans la confusion du chaos. Je crois même que je l'aiderais volontiers, sans la honte qui me retient. Je suis tous ses mouvements, et je trouve autant de plaisir à voyager avec 35 lui que si j'étais en bonne compagnie. J'ai beau réfléchir qu'après tout c'est un diable, qu'il est en chemin pour perdre le genre humain ; que c'est un vrai démocrate, non de ceux d'Athènes, mais de ceux de Paris, tout cela ne peut me guérir de ma prévention.

Quel vaste projet! et quelle hardiesse dans l'exécution!

Lorsque les spacieuses et triples portes des enfers s'ouvri-
5 rent tout à coup devant lui à deux battants, et que la profonde fosse du néant et de la nuit parut à ses pieds dans toute son horreur,—il parcourut d'un œil intrépide le sombre empire du chaos, et, sans hésiter, ouvrant ses vastes ailes, qui auraient pu couvrir une armée entière, il se précipita dans
10 l'abîme.

Je le donne en quatre au plus hardi. Et c'est, selon moi, un des beaux efforts de l'imagination, comme un des plus beaux voyages qui aient jamais été faits, — après le voyage autour de ma chambre.

15 ## XXXVIII. *Le Buste.*

Je ne finirais pas, si je voulais décrire la millième partie des événements singuliers qui m'arrivent lorsque je voyage près de ma bibliothèque. Les voyages de Cook et les observations de ses compagnons de voyage, les docteurs Banks
20 et Solander, ne sont rien en comparaison de mes aventures dans ce seul district: aussi je crois que j'y passerais ma vie dans une espèce de ravissement, sans le buste dont j'ai parlé, sur lequel mes yeux et mes pensées finissent toujours par se fixer, quelle que soit la situation de mon âme; et lors-
25 qu'elle est trop violemment agitée, ou qu'elle s'abandonne au découragement, je n'ai qu'à regarder ce buste pour la remettre dans son assiette naturelle; c'est le diapason avec lequel j'accorde l'assemblage véritable et discord de sensations et de perceptions qui forment mon existence.

30 Comme il est ressemblant! Voilà bien les traits que la nature avait donnés au plus vertueux des hommes. Ah! si le sculpteur avait pu rendre visible son âme excellente, son génie et son caractère! Mais qu'ai-je entrepris? Est-ce donc ici le lieu de faire son éloge? est-ce aux hommes qui
35 m'entourent que je l'adresse? Eh! que leur importe?

Je me contente de me prosterner devant ton image chérie,
O le meilleur des pères! Hélas! cette image est tout ce
qui me reste de toi et de ma patrie; tu as quitté la terre
au moment où le crime allait l'envahir; et tels sont les maux
dont il nous accable que ta famille elle-même est contrainte 5
de regarder aujourd'hui ta perte comme un bienfait. Que de
maux t'eût fait éprouver une plus longue vie! O mon père!
le sort de ta nombreuse famille est-il connu de toi dans le
séjour du bonheur? Sais-tu que tes enfants sont exilés de
cette patrie que tu as servie pendant soixante ans avec tant 10
de zèle et d'intégrité? Sais-tu qu'il leur est défendu de
visiter ta tombe? Mais la tyrannie n'a pu leur enlever la
partie la plus précieuse de ton héritage, le souvenir de tes
vertus et la force de tes exemples: au milieu du torrent
criminel qui entraînait leur patrie et leur fortune dans le 15
gouffre, ils sont demeurés inaltérablement unis sur la ligne
que tu leur avais tracée; et lorsqu'ils pourront encore se
prosterner sur ta cendre vénérée, elle les reconnaîtra toujours.

XXXIX. *Dialogue.* 20

J'ai promis un dialogue, je tiens parole. C'était le matin
à l'aube du jour, les rayons du soleil doraient à la fois le
sommet du mont Viso et celui des montagnes les plus élevées
de l'île qui est à nos antipodes; et déjà elle était éveillée,
soit que son réveil prématuré fût l'effet des visions nocturnes 25
qui la mettent souvent dans une agitation aussi fatigante
qu'inutile, soit que le carnaval, qui tirait alors vers sa fin,
fût la cause occulte de son réveil, ce temps de plaisirs et de
folie ayant une influence sur la machine humaine, comme
les phases de la lune et la conjonction de certaines planètes. 30
Enfin, elle était éveillée, et très-éveillée, lorsque mon âme se
débarrassa elle-même des liens du sommeil.

Depuis longtemps celle-ci partageait confusément les sensations de l'*autre*; mais elle était encore embarrassée dans les
crêpes de la nuit et du sommeil; et ces crêpes lui semblaient 35

transformés en gazes, en linons, en toile des Indes. Ma
pauvre âme était donc comme empaquetée dans tout cet
attirail, et le dieu du sommeil, pour la retenir plus fortement
dans son empire, ajoutait à ses liens des tresses de cheveux
5 blonds en désordre, des nœuds de ruban, des colliers de
perles : c'était une pitié pour qui l'aurait vue se débattre
dans ces filets.

L'agitation de la plus noble partie de moi-même se com-
muniquait à l'autre ; et celle-ci, à son tour, agissait puis-
10 samment sur mon âme.   J'étais parvenu tout entier à un
état difficile à décrire, lorsqu'enfin mon âme, soit par saga-
cité, soit par hasard, trouva la manière de se délivrer des
gazes qui la suffoquaient.   Je ne sais si elle rencontra une
ouverture, ou si elle s'avisa tout simplement de les relever,
15 ce qui est plus naturel ; le fait est qu'elle trouva l'issue du
labyrinthe.   Les tresses de cheveux en désordre étaient toujours là ; mais ce n'était plus un obstacle, c'était plutôt un
moyen ; mon âme les saisit, comme un homme qui se noie
s'accroche aux herbes du rivage ; mais le collier de perles
20 se rompit dans l'action, et les perles, se défilant, roulèrent
sur le sopha, et de là sur le parquet de madame de Hautcastel : car mon âme, par une bizarrerie dont il serait difficile
de rendre raison, s'imaginait être chez cette dame : un gros
bouquet de violettes tomba par terre ; et mon âme, s'éveillant
25 alors, rentra chez elle, amenant à sa suite la raison et la
réalité.   Comme on l'imagine, elle désapprouva fortement
tout ce qui s'était passé en son absence ; et c'est ici que
commence le dialogue qui fait le sujet de ce chapitre.

Jamais mon âme n'avait été si mal reçue.   Les reproches
30 qu'elle s'avisa de faire dans ce moment critique achevèrent
de brouiller le ménage : ce fut une révolte, une insurrection
formelle.

'Quoi donc !' dit mon âme, 'c'est ainsi que, pendant mon
absence, au lieu de réparer vos forces par un sommeil
35 paisible, et vous rendre par là plus propre à exécuter mes
ordres, vous vous avisez insolemment (le terme était un peu
fort) de vous livrer à des transports que ma volonté n'a pas
sanctionnés !'

Peu accoutumée à ce ton de hauteur, l'*autre* lui répartit en colère :

'Il vous sied bien, Madame (pour éloigner de la discussion toute idée de familiarité), il vous sied bien de vous donner des airs de décence et de vertu. Eh ! n'est-ce pas aux écarts 5 de votre imagination et à vos extravagantes idées que je dois tout ce qui vous déplaît en moi ? Pourquoi n'étiez-vous pas là ? Pourquoi aurez-vous le droit de jouir sans moi dans les fréquents voyages que vous faites toute seule ? Ai-je jamais désapprouvé vos séances dans l'empyrée ou dans les 10 Champs-Élysées ; vos conversations avec les intelligences, vos spéculations profondes (un peu de raillerie, comme on voit), vos châteaux en Espagne, vos systèmes sublimes ?—et je n'aurais pas le droit, lorsque vous m'abandonnez ainsi, de jouir des bienfaits que m'accorde la nature et des plaisirs 15 qu'elle me présente ?'

Mon âme, surprise de tant de vivacité et d'éloquence, ne savait que répondre. Pour arranger l'affaire, elle entreprit de couvrir du voile de la bienveillance les reproches qu'elle venait de se permettre, et afin de ne pas avoir l'air de faire 20 les premiers pas vers la réconciliation, elle imagina de prendre aussi le ton de la cérémonie. 'Madame,' dit-elle à son tour avec une cordialité affectée. . . . . Si le lecteur a trouvé ce mot déplacé lorsqu'il s'adressait à mon âme, que dira-t-il maintenant pour peu qu'il se rappelle le sujet de la dispute ? Mon 25 âme ne sentit point l'extrême ridicule de cette façon de parler, tant la passion obscurcit l'intelligence ! 'Madame,' dit-elle donc, 'je vous assure que rien ne me ferait autant de plaisir que de vous voir jouir de tous les plaisirs dont votre nature est susceptible, quand même je ne les partagerais pas, 30 si ces plaisirs ne vous étaient pas nuisibles, et s'ils n'altéraient pas l'harmonie qui. . . . .' Ici mon âme fut interrompue vivement :—'Non, non, je ne suis point la dupe de votre bienveillance supposée ; le séjour forcé que nous faisons ensemble dans cette chambre où nous voyageons ; la blessure 35 que j'ai reçue, qui a failli me détruire, et qui saigne encore,— tout cela n'est-il pas le fruit de votre orgueil extravagant et de vos préjugés barbares ? Mon bien-être, et mon existence

même, sont comptés pour rien lorsque vos passions vous en-
traînent,—et vous prétendez vous intéresser à moi? et vos
reproches viennent de votre amitié?'

Mon âme vit bien qu'elle ne jouait pas le meilleur rôle
5 dans cette occasion;—elle commençait d'ailleurs à s'apercevoir que la chaleur de la dispute en avait supprimé la cause,
et profitant de la circonstance pour faire une diversion:
'Faites du café,' dit-elle à Joannetti, qui entrait dans la
chambre. Le bruit des tasses attirant toute l'attention de
10 l'insurgente, dans l'instant elle oublia tout le reste. C'est
ainsi qu'en montrant un hochet aux enfants, on leur fait
oublier les fruits malsains qu'ils demandent en trépignant.

Je m'assoupis insensiblement pendant que l'eau se chauffait.
Je jouissais de ce plaisir charmant dont j'ai entretenu mes
15 lecteurs, et qu'on éprouve lorsqu'on se sent dormir. Le
bruit agréable que faisait Joannetti, en frappant de la cafetière sur le chenet, retentissait sur mon cerveau, et faisait
vibrer toutes mes fibres sensitives, comme l'ébranlement d'une
corde de harpe fait résonner les octaves. Enfin je vis comme
20 une ombre devant moi; j'ouvris les yeux, c'était Joannetti.
Ah! quel parfum! quelle agréable surprise! du café! de la
crème! une pyramide de pain grillé! Bon lecteur, déjeûne
avec moi.

XL. *L'Imagination.*

25   Quel riche trésor de jouissances la bonne nature a livré
aux hommes dont le cœur sait jouir! et quelle variété dans
ces jouissances! Qui pourra compter leurs nuances innom-
brables dans les divers individus et dans les différents âges
de la vie! Le souvenir confus de celles de mon enfance
30 me fait encore tressaillir. Essayerai-je de peindre celles
qu'éprouve le jeune homme dont le cœur commence à brûler
de tous les feux du sentiment? dans cet âge heureux où
l'on ignore encore jusqu'au nom de l'intérêt, de l'ambition,
de la haine, et de toutes les passions honteuses qui dégradent
35 et tourmentent l'humanité? Durant cet âge, hélas! trop

court, le soleil brille d'un éclat qu'on ne lui retrouve plus dans le reste de la vie. L'air est plus pur,—les fontaines sont plus limpides et plus fraîches,—la nature a des aspects, les bocages ont des sentiers qu'on ne retrouve plus dans l'âge mûr. Dieux! quels parfums envoient ces fleurs! que ces 5 fruits sont délicieux! de quelles couleurs se pare l'aurore! Toutes les femmes sont aimables et fidèles; tous les hommes sont bons, généreux et sensibles: partout on rencontre la cordialité, la franchise et le désintéressement: il n'existe dans la nature que des fleurs, des vertus et des plaisirs. 10

Le trouble de l'amour, l'espoir du bonheur n'inondent-ils pas notre cœur de sensations aussi vives que variées?

Le spectacle de la nature et sa contemplation dans l'ensemble et les détails ouvrent devant la raison une immense carrière de jouissances. Bientôt l'imagination, planant sur 15 cet océan de plaisirs, en augmente le nombre et l'intensité; les sensations diverses s'unissent et se combinent pour en former de nouvelles: les rêves de la gloire se mêlent aux palpitations de l'amour: la bienfaisance marche à côté de l'amour-propre qui lui tend la main: la mélancolie vient de 20 temps en temps jeter sur nous son crêpe solennel, et changer nos larmes en plaisirs. Enfin, les perceptions de l'esprit, les sensations du cœur, les souvenirs même des sens, sont pour l'homme des sources inépuisables de plaisir et de bonheur. Qu'on ne s'étonne donc point que le bruit que faisait Joan- 25 netti, en frappant de la cafetière sur le chenet, et l'aspect imprévu d'une tasse de crème, aient fait sur moi une impression si vive et si agréable.

XLI. *L'Habit de Voyage.*

Je mis aussitôt mon habit de voyage, après l'avoir examiné 30 avec un œil de complaisance, et ce fut alors que je résolus de faire un chapitre *ad hoc*, pour le faire connaître au lecteur. La forme et l'utilité de ces habits étant assez généralement connues, je traiterai plus particulièrement de leur influence sur l'esprit des voyageurs. Mon habit de voyage pour l'hiver 35

est fait de l'étoffe la plus chaude et la plus moelleuse qu'il
m'ait été possible de rencontrer ; il m'enveloppe entièrement
de la tête aux pieds ; et lorsque je suis dans mon fauteuil,
les mains dans mes poches, et la tête enfoncée dans le collet
5 de mon habit, je ressemble à la statue de Wishnou, sans pieds
et sans mains, qu'on voit dans les pagodes des Indes.

On taxera, si l'on veut, de préjugé l'influence que j'attribue
aux habits de voyage sur les voyageurs ; ce que je puis dire
de certain à cet égard, c'est qu'il me paraîtrait aussi ridicule
10 d'avancer d'un seul pas mon voyage autour de ma chambre,
revêtu de mon uniforme, et l'épée au côté, que de sortir
et d'aller dans le monde en robe de chambre. Lorsque je
me vois ainsi habillé, suivant toutes les rigueurs de la pragmatique, non-seulement je ne serais pas à même de continuer
15 mon voyage, mais je crois que je ne serais pas même en état
de lire ce que j'en ai écrit jusqu'à présent, et moins encore
de le comprendre.

Mais cela vous étonne-t-il ? ne voit-on pas tous les jours
des personnes qui se croient malades parce qu'elles ont la
20 barbe longue, ou parce que quelqu'un s'avise de leur trouver
l'air malade et de le dire ? Les vêtements ont tant d'influence
sur l'esprit des hommes, qu'il est des valétudinaires qui se
trouvent beaucoup mieux lorsqu'ils se voient en habit neuf
et en perruque bien poudrée : on en voit qui trompent ainsi
25 le public et eux-mêmes par une parure soutenue ;—ils
meurent un beau matin tout coiffés, et leur mort frappe
tout le monde.

Enfin, dans la classe d'hommes parmi lesquels je vis, combien n'en est-il pas qui, se voyant parés d'un uniforme, se
30 croient fermement des officiers,—jusqu'au moment où l'apparition inattendue de l'ennemi les détrompe ! Il y a plus :
s'il plaît au roi de permettre à l'un d'eux d'ajouter à son
habit certaine broderie, voilà qu'il se croit un général, et
toute l'armée lui donne ce titre sans rire,—tant l'influence
35 d'un habit est forte sur l'imagination humaine !

L'exemple suivant prouvera mieux encore ce que j'avance.

On oubliait quelquefois de faire avertir plusieurs jours
d'avance le comte de . . . qu'il devait monter la garde ;—

un caporal allait l'éveiller de grand matin le jour même où il devait la monter, lui annoncer cette triste nouvelle; mais l'idée de se lever tout de suite, de mettre ses guêtres, et de sortir ainsi sans y avoir pensé la veille, le troublait telle-ment, qu'il aimait mieux faire dire qu'il était malade, et 5 ne pas sortir de chez lui. Il mettait donc sa robe de chambre et renvoyait le perruquier; cela lui donnait un air pâle, malade, qui alarmait sa femme et toute la famille. Il se trouvait réellement lui-même un peu défait ce jour-là.

Il le disait à tout le monde, un peu pour soutenir gageure, 10 un peu aussi parce qu'il croyait l'être tout de bon. Insen-siblement l'influence de la robe de chambre opérait; les bouillons qu'il avait pris, bon gré mal gré, lui causaient des nausées: bientôt les parents et les amis envoyaient demander des nouvelles: il n'en fallait pas tant pour le mettre décidé- 15 ment au lit.

Le soir, le docteur Ranson lui trouvait le pouls concentré, et ordonnait la saignée pour le lendemain. Si le service avait duré un mois de plus, c'était fait du malade.

Qui pourra douter de l'influence des habits de voyage 20 sur les voyageurs, lorsqu'on réfléchira que le pauvre comte de ... pensa plus d'une fois faire le voyage de l'autre monde pour avoir mis mal à propos sa robe de chambre dans celui-ci?

XLII. *Le Brodequin d'Aspasie.*

J'étais assis près de mon feu, après dîner, plié dans mon 25 habit de voyage, et livré volontairement à toute son influence, en attendant l'heure du départ, lorsque les vapeurs de la digestion, se portant à mon cerveau, obstruèrent tellement les passages par lesquels les idées s'y rendent en venant des sens que toute communication se trouva interceptée; et de 30 même que mes sens ne transmettaient plus aucune idée à mon cerveau, celui-ci, à son tour, ne pouvait plus envoyer ce fluide électrique qui les anime, et avec lequel l'ingénieux docteur Valli ressuscite des grenouilles mortes.

On concevra facilement, après avoir lu ce préambule, 35

pourquoi ma tête tomba sur ma poitrine, et comment les
muscles du pouce et de l'index de ma main droite, n'étant
plus irrités par ce fluide, se relâchèrent au point qu'un volume
des œuvres du marquis Caraccioli que je tenais serré entre
5 ces deux doigts m'échappa, sans que je m'en aperçusse, et
tomba sur le foyer.

Je venais de recevoir des visites, et ma conversation avec
les personnes qui étaient sorties avait roulé sur la mort du
fameux médecin Cigna, qui venait de mourir, et qui était
10 universellement regretté : il était savant, laborieux, bon
physicien et fameux botaniste. Le mérite de cet homme
habile occupait ma pensée ; et cependant, me disais-je, s'il
m'était permis d'évoquer les âmes de tous ceux qu'il peut
avoir fait passer dans l'autre monde, qui sait si sa réputation
15 ne souffrirait pas quelque échec ?   \

Je m'acheminai insensiblement à une dissertation sur la
médecine et sur les progrès qu'elle a faits depuis Hippocrate.
Je me demandais si les personnages fameux de l'antiquité
qui sont morts dans leur lit, comme Périclès, Platon, la
20 célèbre Aspasie, et Hippocrate lui-même, étaient morts
comme des gens ordinaires, d'une fièvre putride, inflamma-
toire ou vermineuse ; si on les avait saignés ou bourrés de
remèdes ?

Dire pourquoi je songeai à ces quatre personnages plutôt
25 qu'à d'autres, c'est ce qui ne me serait pas possible. Qui
peut rendre raison d'un songe ? Tout ce que je puis dire,
c'est que ce fut mon âme qui évoqua le docteur de Cos,
celui de Turin, et le fameux homme d'État qui fit de si belles
choses et de si grandes fautes.

30 Mais pour son élégante amie, j'avoue humblement que
ce fut l'*autre* qui lui fit signe. Cependant, quand j'y pense,
je serais tenté d'éprouver un petit mouvement d'orgueil ;
car il est clair que, dans ce songe, la balance en faveur de la
raison était de quatre contre un. C'est beaucoup pour un
35 lieutenant.

Quoi qu'il en soit, pendant que je me livrais à ces réflexions,
mes yeux achevèrent de se fermer, et je m'endormis pro-
fondément ; mais en fermant les yeux, l'image des personnages

auxquels j'avais pensé demeura peinte sur cette toile fine qu'on appelle *mémoire*, et ces images se mêlant dans mon cerveau avec l'idée de l'évocation des morts, je vis bientôt arriver à la file Hippocrate, Platon, Périclès, Aspasie, et le docteur Cigna avec sa perruque.   5

Je les vis tous s'asseoir sur les siéges encore rangés autour du feu; Périclès seul resta debout pour lire les gazettes.

'Si les découvertes dont vous me parlez étaient vraies,' disait Hippocrate au docteur, 'et si elles avaient été aussi 10 utiles à la médecine que vous le prétendez, j'aurais vu diminuer le nombre des hommes qui descendent chaque jour dans le royaume sombre, et dont la commune, d'après les registres de Minos que j'ai vérifiés moi-même, est constamment la même qu'autrefois.'   15

Le docteur Cigna se tourna vers moi: 'Vous avez sans doute ouï parler de ces découvertes,' me dit-il: 'vous connaissez celle d'Harvey sur la circulation du sang; celle de l'immortel Spallanzani sur la digestion, dont nous connaissons maintenant tout le mécanisme;'—et il fit un long détail 20 de toutes les découvertes qui ont trait à la médecine, et de la foule de remèdes qu'on doit à la chimie; il fit enfin un discours académique en faveur de la médecine moderne.

'Croirai-je,' lui répondis-je alors, 'que ces grands hommes ignorent tout ce que vous venez de leur dire, et que leur âme, 25 dégagée des entraves de la matière, trouve quelque chose d'obscur dans la nature?'

'Ah! quelle est votre erreur!' s'écria le proto-médecin du Péloponèse; 'les mystères de la nature sont cachés aux morts comme aux vivants. Celui qui a créé et qui dirige tout sait 30 lui seul le grand secret auquel les hommes s'efforcent en vain d'atteindre; voilà ce que nous apprenons de certain sur les bords du Styx; et, croyez-moi,' ajouta-t-il en adressant la parole au docteur, 'dépouillez-vous de ce reste d'esprit de corps que vous avez apporté du séjour des mortels: et 35 puisque les travaux de mille générations, et toutes les découvertes des hommes, n'ont pu allonger d'un seul instant leur existence; puisque Caron passe chaque jour dans sa

barque une égale quantité d'ombres,—ne nous fatiguons plus
inutilement à défendre un art qui, chez les morts où nous
sommes, ne serait-pas même utile aux médecins.' Ainsi parla
le fameux Hippocrate, à mon grand étonnement.

5 Le docteur Cigna sourit. Et comme les esprits ne sauraient
se refuser à l'évidence, ni taire la vérité, non-seulement il
fut de l'avis d'Hippocrate, mais il avoua même, en rougis-
sant à la manière des intelligences, qu'il s'en était toujours
douté.

10 Périclès, qui s'était approché de la fenêtre, fit un grand
soupir, dont je devinai la cause. Il lisait un numéro du
Moniteur, qui annonçait la décadence des arts et des sciences :
il voyait des savants illustres quitter leurs sublimes spéculations pour inventer de nouveaux crimes, et il frémissait d'en-
15 tendre une horde de cannibales se comparer aux héros de la
généreuse Grèce, en faisant périr sur l'échafaud, sans honte
et sans remords, des vieillards vénérables, des femmes, des
enfants, et en commettant, de sang-froid, les crimes les plus
atroces et les plus inutiles.

20 Platon, qui avait écouté, sans rien dire, notre conversation,
la voyant tout à coup terminée d'une manière inattendue,
prit la parole à son tour. ' Je conçois,' nous dit-il, ' comment
les découvertes qu'ont faites vos grands hommes dans toutes
les branches de la physique sont inutiles à la médecine, qui
25 ne pourra jamais changer le cours de la nature qu'aux dépens
de la vie des hommes ; mais il n'en sera pas de même, sans
doute, des recherches qu'on a faites sur la politique. Les
découvertes de Locke sur la nature de l'esprit humain, l'invention de l'imprimerie, les observations accumulées tirées
30 de l'histoire, tant de livres profonds qui ont répandu la
science jusque parmi le peuple,—tant de merveilles enfin
auront sans doute contribué à rendre les hommes meilleurs;
et cette république heureuse et sage que j'avais imaginée, et
que le siècle dans lequel je vivais m'avait fait regarder comme
35 un songe impraticable, existe sans doute aujourd'hui dans
le monde ? ' À cette demande, l'honnête docteur baissa les
yeux et ne répondit que par ses larmes : et comme il les
essuyait avec son mouchoir, il fit involontairement tourner

sa perruque, de manière qu'une partie de son visage en fut
cachée. ' Dieux immortels!' dit Aspasie en poussant un cri
perçant, ' quelle étrange figure ! est-ce donc une découverte
de vos grands hommes qui vous a fait imaginer de vous coiffer
ainsi avec le crâne d'un autre ?'   5
Aspasie, que les dissertations des philosophes faisaient
bâiller, s'était emparée d'un journal de modes qui était sur
la cheminée, et qu'elle feuilletait depuis quelque temps, lorsque la perruque du médecin lui fit faire cette exclamation ; et
comme le siége étroit et chancelant sur lequel elle était assise 10
était fort incommode pour elle, elle avait placé, sans façon,
ses deux jambes nues, ornées de bandelettes, sur la chaise
de paille qui se trouvait entre elle et moi, et s'appuyait du
coude sur une des larges épaules de Platon.

' Ce n'est point un crâne,' lui répondit le docteur en prenant 15
sa perruque et la jetant au feu : ' c'est une perruque, Mademoiselle, et je ne sais pourquoi je n'ai pas jeté cet ornement
ridicule dans les flammes du Tartare lorsque j'arrivai parmi
vous ; mais les ridicules et les préjugés sont si fort inhérents
à notre misérable nature, qu'ils nous suivent encore quelque 20
temps au delà du tombeau.' Je prenais un plaisir singulier
à voir le docteur abjurer ainsi tout à la fois sa médecine et
sa perruque.

' Je vous assure,' lui dit Aspasie, ' que la plupart des coiffures
qui sont représentées dans le cahier que je feuillette méri- 25
teraient le même sort que la vôtre, tant elles sont extravagantes.' La belle Athénienne s'amusait extrêmement à parcourir ces estampes, et s'étonnait avec raison de la variété et
de la bizarrerie des ajustements modernes ; une figure entre
autres la frappa : c'était celle d'une jeune dame, représentée 30
avec une coiffure des plus élégantes, et qu'Aspasie trouva
seulement un peu trop haute.

' Mais apprenez-nous,' dit-elle, ' pourquoi les femmes d'aujourd'hui semblent plutôt avoir des habillements pour se
cacher que pour se vêtir ; à peine laissent-elles apercevoir 35
leur visage auquel seul on peut reconnaître leur sexe, tant
les formes de leur corps sont défigurées par les plis bizarres
des étoffes. Comment vos jeunes guerriers n'ont-ils pas tenté

de détruire une semblable coutume ? Apparemment,' ajouta-
t-elle, ' la vertu des femmes d'aujourd'hui, qui se montre dans
tous leurs habillements, surpasse de beaucoup celle de mes
contemporaines.' En finissant ces mots, Aspasie me regardait
5 et semblait me demander une réponse. Je feignis de ne pas
m'en apercevoir ;—et pour me donner un air de distraction,
je poussai sur la braise avec les pincettes les restes de la
perruque du docteur qui avaient échappé à l'incendie.

Je suis persuadé que, dans ce moment, je touchais au
10 véritable somnambulisme ; car le mouvement dont je parle
fut très-réel ; mais Rosine, qui reposait en effet sur la chaise,
prit ce mouvement pour elle, et, sautant légèrement dans
mes bras, elle replongea dans les enfers les ombres fameuses
évoquées par mon habit de voyage.

15   XLIII. *De la Liberté.*

Charmant pays de l'imagination ! toi que l'Être bienfaisant
par excellence a livré aux hommes pour les consoler de la
réalité, il faut que je te quitte. C'est aujourd'hui que certaines personnes, dont je dépends, prétendent me rendre ma
20 liberté ;—comme s'ils me l'avaient enlevée ! comme s'il était
en leur pouvoir de me la ravir un seul instant, et de m'empêcher de parcourir, à mon gré, le vaste espace toujours ou-
vert devant moi ! Ils m'ont défendu de parcourir une ville,
un point, mais ils m'ont laissé l'univers entier ; l'immensité
25 et l'éternité sont à mes ordres.

C'est aujourd'hui donc que je suis libre, ou plutôt que je
vais rentrer dans les fers. Le joug des affaires va de nouveau
peser sur moi ; je ne ferai plus un pas qui ne soit mesuré par
la bienséance et le devoir. Heureux encore si quelque déesse
30 capricieuse ne me fait pas oublier l'un et l'autre, et si j'échappe
à cette nouvelle et dangereuse captivité !

Eh ! que ne me laissait-on achever mon voyage ! Était-ce
donc pour me punir qu'on m'avait relégué dans ma chambre ?
—dans cette contrée délicieuse qui renferme tous les biens et
35 toutes les richesses du monde ? Autant vaudrait exiler une
souris dans un grenier.

Cependant, jamais je ne me suis aperçu plus clairement que je suis double. Pendant que je regrette mes jouissances imaginaires, je me sens consolé par force : une puissance secrète m'entraîne ;—elle me dit que j'ai besoin de l'air et du ciel, et que la solitude ressemble à la mort. Me voilà paré ;—ma 5 porte s'ouvre ;—j'erre sous les spacieux portiques de la rue du Pô ;—mille fantômes agréables voltigent devant mes yeux. Oui, voilà bien cet hôtel,—cette porte,—cet escalier ;—je tressaille d'avance.

C'est ainsi qu'on éprouve un avant-goût acide lorsqu'on 10 coupe un citron pour le manger.

Pauvre animal ! prends garde à toi.

ÉPITAPHE.

CI-GÎT SOUS CETTE PIERRE GRISE

XAVIER QUI DE TOUT S'ÉTONNAIT,

DEMANDAIT D'OÙ VENAIT LA BISE,

ET POURQUOI JUPITER TONNAIT.

(X. DE MAISTRE.)

NOTES.

P. 7, l. 6. *Qu'il est*, for *combien il est*.

Glorieux. This adjective is also taken in the sense of conceited, proud. It is applied, says M. Littré (Dict. s.v.), to a person 'qui a le sentiment de quelque gloire personnelle.'

'Voyez vous, dirait-on, cette madame la marquise, qui fait tant la *glorieuse*.' (Molière, Bourg. Gentilh. iii. 12.)

The comic writer Destouches (1680–1754) having composed a play entitled Le Glorieux, Voltaire sent to him the following elegant lines :—

'Auteur solide, ingénieux,
Qui du théâtre êtes le maître,
Vous qui fites *le glorieux*,
Il ne tiendrait qu'à vous de l'être.'

Comp. the Miles Gloriosus of Plautus, also : 'Epistolae jactantes et *gloriosæ*.' (Plin. Epist. iii. 9.)

Carrière. Here a career, lit. a race-course, the place where the chariots compete for the prize. From the Latin *carrus*. *Carrière*, or as it is spelt in the old French, *quarrière*, is a different word, meaning a quarry, and may be traced to Latin *quadratarius;* a stone-mason. The Low Latin *quadraria* stands for quarry. See Ducange's Gloss. s.v.

l. 8. *Étincelle*, a spark. Lat. *scintilla*, Old Fr. *stincele*. 'Volent esteindre la *stincele* qui remise m'est.' (Trans. of the Book of Kings.)

l. 9. *Espace.* The verb *s'espacer* is used idiomatically in the sense of 'to take a great deal of room,' and also 'to dilate or discourse at great length.' 'Louis de Bade avait jeté un pont de bateaux sur le Rhin .... et de là *s'était espacé* en Alsace.' (Saint-Simon.) 'Brissac lui conta (au Roi) ce qu'il avait fait, non sans *s'espacer* sur la piété des dames de la cour.' (Ibid.) Eng. to expand, expatiate.

l. 19. *À l'abri*, under shelter ; derived from Lat. *apricus*. 'Parceque les choses exposées au soleil sont en quelque sorte à couvert du froid et du mauvais temps.' (Littré.) Verb *abriter*.

l. 21. *Abandonné*, forlorn. Used as a substantive, this word is applied to immoral characters. 'Quelque libertin et quelqu'*abandonné* qu'il puisse être, il y a toujours de certains reproches de la conscience qui le troublent.' (Bourdaloue.) Cp. Prior:—

> 'Nor let her tempt that deep, nor make the shore,
> Where our *abandon'd* youth she sees,
> Shipwreck'd in luxury, and lost in ease.' (Ode. 1692.)

P. 8, l. 9. *Coûté.* As the verb *coûter* is derived from the Latin *constare*, it cannot be regarded as an active verb, and therefore the expression 'ce livre m'a coûté cinq francs,' for instance, is elliptical, instead of 'ce livre m'a coûté (pour) cinq francs.' We should write, 'les pleurs que son départ m'a coûté, les démarches que sa mésaventure nous a coûté.' Phrases like the following are numerous, however, in the most classical authors:

> 'Après tous les ennuis que ce jour m'a *coûtés.*'
> (Racine, Britannicus, v. 3.)

'Mes manuscrits raturés, barbouillés, et même indéchiffrables, attestent la peine qu'ils m'ont *coûtée.*' (J. J. Rousseau, Émile, liv. i.) Comp. the couplet in the vaudeville :—

> 'Quel plaisir d'aller à la noce,
> Surtout quand il n'en *coûte* rien.'

l. 10. *Prône.* The subst. *prône* means a sermon or homily ; hence *prôner* means to praise or extol anything in as earnest a manner as if you were preaching a sermon about it.

Fêté, celebrated like a saint's-day or a holy-day.

l. 18. *Fondrière*, a cavity on a road where the rain accumulates. 'L'excès du mauvais temps qui ne cessait point avait rendu tout *fondrière.*' (Saint-Simon.)

l. 27. *Petitesse*, narrowmindedness.

l. 28. *Ennuyés.* The distinction between *ennuyé* (weary with affectation) and *ennuyeux* (wearisome, tiresome) is marked in Delille's couplet :—

> 'Si l'homme *ennuyeux* déplait tant,
> L'homme *ennuyé* prétendrait-il à plaire?'

l. 29. *Paresseux.* A man who by nature is fond of repose may be called a *paresseux.* A man who resolves to do nothing, and to live at the expense of his fellow-creatures, is a *fainéant.* There may be some excuse for the former ; there is none whatever for the latter. 'Marivaux,' says D'Alembert, 'fit à un mendiant la question que les *fainéants* aisés font si souvent aux *fainéants* qui mendient : "Pourquoi ne travaillez-vous pas ?" "Hélas ! monsieur," répondit le jeune homme, "si vous saviez combien je suis *paresseux !*"'

P. 9, l. 15. *Je n'étais pas le maître d'en sortir à ma volonté.* '"Je dois à la vérité d'avouer," répondait-il un jour en souriant à quelques unes de mes questions *d'origines*, "que dans cet espace de temps j'ai fait consciencieusement la vie de garnison sans songer à écrire et assez rarement à lire ; il est probable que vous n'auriez jamais entendu parler de moi sans la circonstance indiquée dans le 'Voyage autour de ma Chambre' (un duel) et qui me fit garder les arrêts pendant quelque temps."' (Sainte-Beuve, Portraits Contemporains.)

l. 26. *Qui vous marche sur le pied*, Gallic. for *qui marche sur votre pied*.

l. 31. *On va dans un pré.* The expression *aller dans*, or *sur le pré* is used figuratively for 'to fight a duel.' It is taken from the Pré-aux-clercs, a wide field situated on the south bank of the Seine in Paris, where the students used to fight their duels in days of yore. Cf. Corneille :

'Nous vidons sur le pré l'affaire sans témoins.' (Le Menteur.)
The faubourg Saint-Germain now comprises the spot occupied by the Pré-aux-clercs.

Comme Nicole. See Molière's Bourgeois Gentilhomme, iii. 3.

P. 10, l. 8. *Avoir ce qu'on appelle une affaire*, a duel. Thus Rousseau : 'J'ai appris qu'il avait eu quelques *affaires* en Italie, et qu'il s'y était battu plusieurs fois.' (Nouv. Héloïse, i. 15.) Cp. Nicole's Essais de Morale : 'Combien de gens s'allaient autrefois battre en duel, en déplorant et en condamnant cette misérable coutume ; et se blâmant euxmêmes de la suivre ! mais ils n'avaient pas pour cela la force de mépriser le jugement de ces fous qui les eussent traités de lâches, s'ils eussent obéi à la raison.'

l. 17. J. B. Beccaria (1716–1732), a celebrated Italian mathematician and philosopher.

l. 30. *Éparses*, scattered, past part. of the obsolete verb *épardre*, or *espardre*. 'Ils se mirent au fuir sans plus attendre, et *s'esparsent* li uns çà et li autres là.' (Henri de Valenciennes, ix.) 'Les catholiques quittent et *s'espardent* par le bourg.' (Agrippa d'Aubigné, Hist. Univ. ii. 241.) Cp. the English *sparse* :—

'And like a raging flood they *sparsed* are,
And overflow each country, field and plaine.'
(Fairfax, Godfrey of Boulogne, vi. s. 1.)

l. 31. *Clair-semées*, far between. *Clair* being used adverbially, is invariable here.

l. 34. *Piste*, the track. Hence the verb *dépister*.

l. 35. *Chasseur.* The feminine *chasseresse* is poetical ; *chasseuse* is the common one.

Gibier, game. Hence *giboyer*, to hunt ; *giboyeur*, a man fond of hunting ; *giboyeux*, *-se*, full of game ; *gibecière*, a bag or pouch where game is kept.

F

'Le roi des animaux se mit un jour en tête
De *giboyer ;* il célébrait sa fête.'

(La Fontaine, Fables, ii. 19.)

P. 11, l. 12. *Tisonner son feu,* to stir up the fire. From *tison,* a fire-brand.

l. 20. *Rayons,* the rays ; *rayon d'une roue,* the spoke of a wheel; *rayon d'une bibliothèque,* shelf of a book-case ; *rayon de miel,* a honey-comb.

l. 26. *Gazouillement,* warbling. From the Celtic *geiz* or *get,* an agreeable sound or murmur. The verb *gazouiller* is conjugated with the auxiliary *avoir.*

Hirondelle, swallow. Lat. *hirundo.* Curtius derives the word from χελιδών, and connects it with the subst. χείρ, from the Sanscrit root *har,* or *ghar,* to take. The swallow is the bird that *takes* or catches flies. In O. Fr. we find *arondelle* and *herondelle,* as well as *hirondelle.*

'Vos esprits étant plus légers
Que les volages *arondelles.*' (Porchères d'Arbaud.)

The word *aronde,* of which *arondelle* is formed, occurs in the expression, still used, *queue d'aronde ;* ouvrage à *queue d'aronde,* a piece of carpenter's work in the shape of a swallow's tail.

P. 12, l. 19. *Détail* (pl. *détails*), lit. small pieces, from *dé* and *tailler,* to cut.

l. 20. *Mon système de l'Âme et de la Bête.* 'Les divorces, querelles et raccommodements de l'âme et de *l'autre* fournissent à l'aimable *humorist* une quantité de réflexions philosophiques aussi fines et aussi profondes que le fauteuil psychologique en a jamais pu inspirer dans tout son méthodique appareil aux analyseurs de profession.' (Sainte-Beuve, Portraits Contemporains.)

l. 26. *Emboîtés,* fixed the one in the other, like a thing fastened in a box (*boîte*).

l. 30. Plato (B.C. 437–347), the celebrated philosopher. See his Timaeus.

l. 33. *Qui nous lutine,* which teases, plagues us. From *lutin,* a spirit or hobgoblin ; deriv. uncertain.

P. 13, l. 9. *Ensemble,* adv. and subst.

'Ces musiciens jouent avec beaucoup *d'ensemble.*'

l. 13. *Fâcheux,* troublesome, annoying.

l. 31. *Je m'acheminai,* I started on my way. From *chemin.*

À la cour, to court. Distinguish between *cour,* court, courtyard ; *court,* adj. short, and verb, he (*or* she) runs ; *cours,* subst. masc. a course, and verb, I run, thou runnest.

l. 32. *L'ordre,* military duty.

J'avais peint. See the Biographical Notice.

P. 14, l. 8. *La toile,* canvas. *Rentoiler un tableau,* to put a picture on a fresh canvas. *Toile* means also the curtain of a theatre. *Toile d'araignée*, a cobweb.

l. 9. *Bois*, a wood ; the antlers of a stag, a wood-cut. *Je bois, tu bois* (from *boire*), I drink, thou drinkest.

l. 12. *Bocages*, groves ; adj. *bocager, -ère*, belonging to the groves.

> 'Imitez le Poussin ; aux fêtes *bocagères*,
> Il nous peint des bergers et de jeunes bergères,
> Les bras entrelacés dansant sous les ormeaux.'
> (Delille, Les Jardins.)

l. 16. *Éperdues*, dismayed, overcome by terror. Past participle of the obsolete verb *éperdre*, or *esperdre*.

> '. . . . Si vilains
> Jure et esmaie, si *s'espert*,
> Parce que sa jornée perd.' (Roman de Renart.)

l. 20. *Lointains*, background.

Bleuâtres, bluish ; *âtre* (Lat. *aster*) is a diminutive termination, and as the idea of smallness leads easily on to that of depreciation, the syllable *âtre* often expresses the mean opinion we entertain of a person or thing; e.g. *marâtre*, stepmother ; *acariâtre*, of a disagreeable temper ; *opiniâtre*, obstinate.

l. 26. *Elle dériva ; dériver*, to drift away.

P. 15, l. 3. *Tranches*, slices. Also the edges of a book : *doré sur tranches*, with gilt edges.

l. 14. *Pincettes*, tongs. *Ette*, a diminutive termination, likewise expressing contempt or depreciation. Thus, *femmelette*, a weakminded, silly woman. 'Elle a voulu faire l'héroïne, elle n'est qu'une *femmelette*.' (Marmontel.)

Braise, live charcoal. Deriv. *brasier, embraser*.

l. 22. *Le mettre à même*, enable him.

P. 16, l. 11. *Souci*, care, anxiety; adj. *soucieux, insouciant ; * verb, *se soucier ;* subst. *insouciance*. *Souci* is also the name of a plant, the marigold.

Cohue, great crowd, rabble. The original meaning of *cohue* is the market, or jurisdiction of the markets. 'À Raoul est donnée la garde du guichet et de la *cohue* de la Vicomté de Pontiaudomer.' (Ducange, Gloss. Med. Latin, s.v. *Cohua*.) *Cohue* is derived from *co* (for *cum*) and *huer*, to hoot or scream (comp. the English *hue-and-cry*), on account of the noise which prevails in the market-places.

l. 22. *Je bats la campagne*, I am wandering from my subject. Thus again :—

> 'Des raisons qui ne feront que *battre la campagne*.'
> (Molière, Les Fourberies de Scapin, ii. 8.)

F 2

l. 31. *S'était emparée*, had taken possession of. The verb *s'emparer* is always used reflectively.

P. 17, l. 8. *Linge*, linen, from the Latin *linteum*. Deriv. *linger*, *-gère*, he or she who makes, sells or works linen. Prov. *Il faut laver son linge sale en famille*, we should never disclose to the public our family variances.

l. 10. *Depuis*, from. It would be more grammatical to say, *du soleil*. Les légères fautes d'incorrection sont presque aussi rares chez M. de Maistre que celles de goût. J'en note, pour acquit de conscience, quelques petites, sans être très sûr moi-même de ne pas me tromper. Ainsi, par exemple, quand il nettoie machinalement le portrait, et que son âme, durant ce temps, s'envole au soleil, tout d'un coup elle en est rappelée par la vue de ces cheveux blonds : " Mon âme, *depuis* le soleil," ' etc. (Sainte-Beuve, Portraits Contemp.)

l. 20. *Éponge*, a sponge. Prov. *avoir une éponge dans le gosier*, to be very fond of drinking ; *presser l'éponge*, to be extortionate.

l. 32. *Que je te serre*, that I may press thee. Serrer, to press, squeeze, lock-up ; subst. fem. *serrure*, a lock ; *serres*, the talons of a bird ; *serre*, a conservatory or hothouse.

l. 36. *Clin d'œil*, the twinkling of an eye. Verb, *cligner*, to wink, originally to incline, then specially to incline the eye-lids ; *clignoter*, to wink frequently; subst. masc. *clignotement*.

P. 18, l. 10. *Bureau*, study table. The word *bureau*, derived from *bure* (Lat. *burrhus*, Gr. πυρρός), meant originally a cloth made of very coarse wool.

> ' Mais qui, n'étant vêtu que de simple *bureau*,
> Passait l'été sans linge, et l'hiver sans manteau.'
>
> (Boileau, Sat. i.)

Study tables, being generally covered with a piece of that cloth, came to be called *bureau*. Finally, the word *bureau* was applied to the study or office itself. Prov. *L'affaire est sur le bureau*, the affair is undergoing examination. *Tenir bureau d'esprit*, to receive, at stated intervals, company for the purpose of discussing literary topics. This expression, introduced by the Précieuses, is often used ironically.

l. 26. *Corail*, plur. *coraux*. The word *coral* occurs also in the authors of the seventeenth century.

> ' Sur cet' amas brillant de nacre et de *coral*,
> Qui sillonne les flots de ce mouvant cristal.'
>
> (Corneille, La Toison d'Or, ii. 3.)

P. 19, l. 4. *Décousues*, unconnected.

l. 14. *Étape*, halting-place. *Étape* originally meant the market-place, where all merchants were obliged to bring their goods for sale. Then, by extension, a city where a certain trade is carried on. ' Alexandrie

étant devenue la seule *étape*, cette *étape* grossit.' (Montesquieu, Esprit
des Lois, xxi. 16.) Then, the supply of food and forage given to the
troops. Finally, the quarters where the soldiers stop for the night, and
where they receive their provision. Compare the English *staple.*

l. 23. *Tripoter*, to fumble about.

l. 25. *Sommeiller*, to slumber.

l. 28. *Sablier*, hour-glass.

P. 20, l. 1. *Breloques*, trinkets.

Je fais la sourde oreille, I turn a deaf ear.

l. 3. *Chicanes.* This word, according to M. Littré, is derived from
the Low Gr. τζυκάνιον, a kind of game; verb τζυκανίζειν. Hence, to
quarrel over a game, and by extension to wrangle or dispute about
trifles.

l. 9. *Épuiser*, to exhaust. From *puiser*, to draw out of a well
(*puits*).

l. 30. *A l'envers*, on the wrong side. Prov. *une tête à l'envers*, a
madcap; *gens à deux envers*, deceitful people; *ses affaires sont à l'envers*, his affairs are in hopeless disorder.

l. 38. *Baguette*, a wand. Ital. *bacchetta*, from the Latin *baculus.*

P. 21, l. 2. *Il s'était aidé*, he had busied himself.

l. 11. *Que trouves-tu à redire?* what fault do you find?

. l. 13. *Tablettes*, shelves.

l. 20. *Lorgner*, to ogle. From *luscus;* whence *luscarinus, luscari-
nare, lorinare.* In Normandy people say *loriner* instead of *lorgner.
Lorgner* and *loucher* (to squint) have the same origin. *Lorgnette*, fem.
subst., an opera-glass; *lorgnon*, masc. subs., an eye-glass.

l. 21. *Aux allants et venants*, to persons coming and going.

l. 25. *Se morfondre*, to be shivering with cold.

P. 22, l. 3. *Plis*, folds. Verbs, *plier, déplier, ployer, déployer.*

l. 11. *Prunelle*, the eye-ball.

l. 13. *Le Brun*, a celebrated French painter of the seventeenth century. See on him Select Letters of Mme. de Sévigné, &c., Notes, p. 311.

l. 31. *Tirailler*, to pull about; means also to fire in an irregular
manner, like sharpshooters. *Tirailleur*, a sharpshooter.

Basques, the tails of the coat. M. Littré says, on the etym. of this
word: 'On pense que ce mot vient de quelque mode suivie chez les
Basques.' The district occupied by the *Basques* is near the Pyrenees,
and corresponds to the provinces or districts of Navarre, Béarn, Labourd,
and Soule.

l. 36. *A son gré*, to suit her; *gré*, from *gratus.* Sanscr. *gurta*, welcome, agreeable.

P. 23, l. 1. *A son bien-être*, to her comfort.

l. 5. *Magnétisme.* At the time when the first edition of this tale was published (1794) the pretended wonders performed by Mesmer (1733–1815), Cagliostro (1710–1795), and other men of the same kind, still occupied public attention. Animal magnetism then seemed to be the panacea for all evils.

Martinisme, the name given to a sect or society of mystics who acknowledged as their chief a Portuguese Jew, named Martinez de Pasqualis (1710–1779). The most distinguished of the *Martinists* was the Frenchman Louis Claude de Saint-Martin (1743–1803), who styled himself *Le Philosophe Inconnu*. He has left several works. See M. Caro's 'Essai sur la Vie et la Doctrine de St. Martin,' Paris, 8vo. 1852, and M. Matter's 'St. Martin, sa Vie et ses Écrits,' Paris, 8vo. 1862.

l. 22. *Tombeau d'Empédocle*, Mount Etna. Empedocles, a celebrated philosopher of Agrigentum, in Sicily, flourished B.C. 444. The well-known story says that, wishing it to be believed that he was a god, he threw himself into the crater of Mount Etna. His death, he thought, would thus remain concealed. His expectations, however, were frustrated, and the volcano, by throwing up one of his sandals, discovered to the world that Empedocles had perished by fire. This story, we need scarcely say, has no authority whatever. See Mr. Matthew Arnold's poem.

l. 25. *Faux pas*, stumbles.

P. 24, l. 12. *Liaisons*, intimacies; *connaissances*, acquaintances.

l. 30. *Que je ne fusse resté court*, that I had stopped short in my speech. The question has been raised whether *court* thus used is an adjective or an adverb, and therefore whether a lady should say *je suis restée courte*, or *je suis restée court*. Vaugelas, Chifflet, Thomas Corneille, and the best grammarians of the seventeenth century, have decided in favour of the latter form, which is now universally adopted.

Faute, for want of; syn. *par manque de.*

P. 25, l. 13. *Incartade*, a rough action or word which has something offensive for the person against whom it is directed. From the Spanish *encartarse*, to take a bad card at play; and hence, metaphorically, to make a mistake. Cp. the Italian, *dar nelle scartate*, to repeat the same thing, and also, to get into a passion.

l. 16. *Brusquer*, to scold. The adjective *brusque*, short, quick, sharp, ill-tempered, seems derived from the Low Latin *bruscia*, a thorn. *Brusquer* originally meant to seek for something as it were amongst bushes or brushwood. Comp. the English *brisk*, formerly *brusk*. 'We are sorry to hear that the Spanish gentlemen who have been lately sent to that king found (as they say) but a *brusk* welcome.' (Reliquiæ Wottonianæ.)

l. 28. *Emplettes*, small purchases. This word originally meant the act of *employing* a sum of money in purchases.

'Son mari donc se trouvant en *emplette.*' (La Fontaine.)
Syn. *achat.* *Achat* is used for things either large or small. Thus we
say *J'ai fait l'achat,* or *l'emplette d'un chapeau ;* but we cannot say *j'ai
fait l'emplette d'une maison.*

P. 26, l. 8. *Larme de repentir.* *À propos* of this passage, M. Sainte-
Beuve remarks (Portraits Contemporains) : ' Le chapitre xix. où tombe
cette larme de repentir, pour avoir brusqué *Joannetti,* et le chapitre
xxviii. où tombe une autre larme, pour avoir brusqué le pauvre Jacques,
sont tout à fait dans la manière de Sterne.'

l. 10. *Estampes,* prints. We find in Old French the verb *estamper*
used in the sense of to take a likeness. ' Sur une demoiselle nouvelle-
ment *estampée* (dont on a fait l'*estampage,* le portrait).' (Tabourot des
Accords, Bigarrures.)

l. 19. *La malheureuse Charlotte.* See the novel of Werther, by
Goethe (1749–1832).

l. 23. *Sacs de procès.* Lawyers' bags ; *procès,* a law suit ; *un homme
processif,* a man who is fond of going to law.

P. 27, l. 6. *Besoin,* a necessity. From the Romance *bes,* bad, and
soin, care. Deriv. *besogne,* work, business, that which for us is a matter
of necessity.

l. 7. *Nous n'avions qu'une pipe à nous deux.* We had only one pipe
between us.

l. 9. *Dans les circonstances malheureuses,* etc. Allusion to the French
Revolution which was then raging. See Biog. Notice.

l. 17. *Empêcher,* to hinder. From *in* and *pedicare.* (*Pedicare* comes
from *pedica,* a snare.) Old French, *empeschier.* In like manner the
verb *prædicare* has formed *prêchier,* and thus *prêcher,* to preach. Deriv.
subst. masc. *empêchement,* a hindrance, impediment.

l. 21. *Regorger,* to be full to overflowing.

l. 31. *Cimetière,* burial-ground, cemetery (κοιμητήριον). Prov. ' Il a
de l'esprit, il a couché au *cimetière ;*' he is as dull, as stupid, as if he
had been sleeping in a burial-ground.

l. 33. *Bourdonner,* to buzz ; *bourdonnement,* buzzing.

l. 36. *Grillon,* a cricket. From the Latin *gryllus.*

P. 28, ll. 2–9. *La destruction .... les airs.* So say the Pantheists :
' Plus rien que l'éternelle substance ! cri terrible, si c'est le cri de la
mort ! Mais non ! c'est le Panthéiste qui meurt ainsi sous la loi de cette
fière doctrine qui fait sa tristesse et sa grandeur. Cette doctrine ne sera
jamais qu'à l'usage de quelques intelligences spéculatives ou de quelques
âmes hautaines. Elle n'atteindra jamais le cœur de l'humanité, elle ne
lui ravira pas sa plus chère espérance.' (Caro, L'Idée de Dieu et ses
Nouveaux Critiques, vi. 376.)

l. 25. *Une preuve invincible de l'immortalité.* See Pascal's Considerations on the Immortality of the Soul. (Pensées, M. Havet's edit. pp. 134 and foll.)

l. 32. *M'a échappé. Échapper* takes *avoir* as auxiliary when the idea expressed is one of action, and *être* when the idea is one of state or condition.

l. 33. *Sensible*, feeling.

P. 29, l. 1. *Exemplaire*, copy.

l. 12. *Du malheureux Ugolin.* See Dante's Inferno. Count Ugolino della Gherardesca, chief of the Guelfs in Pisa, by a series of treasons had made himself master of that city. Ruggieri degli Ubaldini, Archbishop of that State, and chief of the Ghibelines, by similar means had ruined the Count, and having seized him with four of his children or grandchildren, left them to perish by famine in prison. (Wright's Dante, Note.)

l. 16. *Hagard*, wild. This adjective, originally used in the language of falconry, was applied to wild hawks living in the *hedges*. A. S. *haga*.

l. 21. *Chevalier d'Assas.* Nicolas, Chevalier d'Assas, a captain in the regiment of Auvergne, died a victim of the noblest act of heroism, at Klostercamp in Westphalia, during the night of the 15th October, 1760. As he was reconnoitring, he fell in with a column of the enemy's army advancing stealthily to take the French by surprise. They threatened to kill him if he uttered a single word. Without one moment's hesitation, he exclaimed, ' Help ! d'Auvergne ! The enemies are upon us !' and thus saved the French camp at the cost of his life.

l. 24. *Malheureuse négresse.* See the story of Inkle and Yariko, in the Spectator, No. 11. The expression ' Qui sans doute n'était pas Anglais' is ironical, for Mr. Thomas Inkle is distinctly said to have been ' of London.'

l. 34. *Sapin*, a fir-tree. A cab is colloquially called in Paris *un sapin*, on account of the wood from which it is supposed to be made. ' M. Desmoulins, l'Abbé Noël, Mme. De Beaumont, et Keralio avaient loué pour toute la soirée un *sapin* national pour se faire voir dans la promenade.'·

l. 35. *Touffe*, a bunch. Comp. the Eng. *tuft*.

P. 30, l. 5. *Coin*, a corner (Lat. *cuneus*), also a wedge, and the die of a medal or *coin*. Deriv. *encoignure* or *encognure*, a corner formed by the junction of two walls. Disting. between *coin* and *coing*, a quince.

l. 10. *Le démon de la guerre*, etc. Savoy was annexed to France in 1793 under the name of Département du Mont-Blanc.

l. 33. *Le Dada de mon oncle Tobie.* See Sterne's Tristram Shandy.

P. 31, l. 16. *Que m'importe ?* what does it signify to me? of what consequence is it ? Cp. the Lat. *referre*, and the Germ. *eintragen*.

L. 17. Salvador Cherubini (1760–1842), one of the most celebrated of modern musical composers. His operas Lodoïska (1791) and Les Deux Journées (1800) are much admired.

Dominico Cimarosa (1754–1801) composed more than a hundred and twenty operas, the best of which, Il Matrimonio Segreto, is still often performed.

l. 29. *Un tour de musicien*, a musician's trick.

l. 35. *Toucher du clavecin*, to play on the harpsichord. *Clavecin* is contracted from the Latin *clavicymbalum*, the name originally given to that instrument. Ital. *clavicembalo*. We say in French, ' *toucher* du piano; de l'orgue;' '*pincer* de la guitare, de la harpe;' '*donner* du cor;' ' *battre* le tambour.' On the relative merits of music and painting see M. Ch. Lévêque's Science du Beau (Paris, 1859, 2 vols. 8vo.), and M. Chaignet's Principes de la Science du Beau (Paris, 1860, 8vo.). We must notice that Count de Maistre seems to confound here a musical *composer* with a mere *performer*.

P. 32, l. 20. Raffaelle Sanzio (1483–1520), the greatest of modern painters.

l. 28. *Complaire à* . . . ., to please. This verb carries along with' it the idea of a certain amount of effort which does not belong to the verb *plaire*. ' *Complaire*,' says M. Lafaye (Dict. des Synonymes, p. 119), ' est propre à marquer l'empressement, le zèle.'

l. 29. *Ta maîtresse*, the celebrated Fornarina.

P. 33, l. 5. *La Transfiguration*. This picture, now at the Vatican, was Raffaelle's last work, and his masterpiece.

l. 17. *Échantillon*, specimen. From the Old French *cant*, a corner. *Canton* is a corner of a land or country; *cantine*, a corner where refreshments are sold. Comp. the English *cantle*, *cant*.

> ' And yet she brought her fees,
> A *cantel* of Essex chese,
> Was well a fote thicke,
> Full of maggots quicke.'
>
> (Skelton, Elinour Rumming.)

l. 24. Pygmalion, the sculptor, who, according to the Greek mythology, obtained from Venus the gift of life for a beautiful statue which he had made.

l. 32. Antonio Allegri, surnamed Il Correggio, from the place of his birth (1494–1534). His style of painting was remarkably graceful and pleasing.

P. 34, l. 2. *Les spectateurs quelconques*, spectators of any kind. Lat. *qualiscunque*.

l. 22. *Qu'il aiguise*, that he sharpens. From the adject. *aigu*; Lat. *acutus*. The verb *acutiare* is found in the Low Latin.

l. 26. *Petites mines*, simpering, affected smiles and looks.

Bouderies, pouting; from the verb *bouder.* 'Enfler la lèvre inférieure par mauvais humeur.' (Schéler, Dict. d'Etym. s.v.) The root *bod* expresses the idea of something which juts out and is swollen.

P. 35, l. 1. *Laideur,* ugliness. The adject. *laid* (Teut. *leidh ;* A. S. *ladh*) meant originally hateful, odious. *Laid* was also used as a substantive.

> 'Tot icest tort e tot icest *lait*
> Li faimes-nos senz nul forfait.'
> (Chron. des Ducs de Normandie, t. ii. p. 140.)
> 'Maint *lait* damage s'entre-firent,
> Et maint cher ami en perdirent.'
> (Ibid. t. iii. p. 368.)

Comp. the Germ. *hässlich,* hateful, and also ugly.

l. 27. *Damoiseau* (Low Lat. *domicellus*), originally a young man, now means a fop, a dandy.

l. 34. Apelles (flourished about 332 B.C.), the well-known painter.

P. 36, l. 11. *Versé et renversé.* Comp. Mme. de Sévigné: 'Le carrosse en fut *versé et renversé.*' (Select Letters, p. 140.)

l. 13. *Tintement,* noise like that of the ringing of bells. Lat. *tinnitare,* frequentative of *tinnire.*

l. 25. *Tancer,* to scold ; O. Fr. *tencer ;* Provençal, *tensar.* Hence the subst. *tenson,* or *tanson,* which means a kind of poem in vogue amongst the troubadours, and consisting of a discussion between several interlocutors on a point of literature or of love.

l. 28. *Fainéant,* idler, a man who does (*fait*) nothing (*néant*).

l. 30. Chambéry, chief town of the department of Savoy in France.

P. 37, l. 1. *Bourbier,* quagmire; adj. *bourbeux, -se ;* verb *embourber.*

l. 18. *Pour ne savoir que faire,* parceque je ne savais que faire, because I did not know what to do.

P. 38, l. 2. *Cabine,* a hut, a cottage, a small dwelling-place; generally used in the sense of a cabin on board a ship.

l. 10. *Casin* (Ital. *casino*), a ball-room.

l. 20. *Seuil,* threshold. From the Lat. *solea* (Festus).

l. 27. *Une horrible dissonance.* Comp. in M. Victor Hugo's 'Chants du Crépuscule,' the poem No. VI, entitled, 'Sur le Bal de l'Hôtel de Ville,' especially the lines in which the votaries of pleasure are told that they would do better

> 'De songer aux enfants qui sont sans pain dans l'ombre,
> De rendre un paradis au pauvre impie et sombre,
> Que d'allumer un lustre et de tenir, la nuit,
> Quelques fous éveillés autour d'un peu de bruit.'

P. 39, l. 6. *Édredon,* a mattress made of eider-down.

ll. 28, 33. La Marchesini and Mlle. Rapoux were two celebrities of the day, the former an opera singer, the latter, we suppose, a fashionable milliner.

P. 40, l. **7.** *Celui d'Athalie,* in Racine's fine tragedy, ii. 5.

l. 16. *Un ours blanc, un philosophe, un tigre* . . . . Notice the ironical introduction of a philosopher amongst polar bears, tigers, and other wild beasts. Count de Maistre alludes to the French *soi-disant* sages whose doctrines formed the code of laws of the Revolutionists.

l. 27. *Votre roi de son trône.* Louis XVI was dethroned Sept. 22, 1792.

l. 28. *Votre Dieu de son sanctuaire.* The worship of reason was proclaimed Nov. 10, 1793.

l. 32. *Il y a cinq ans.* The first edition of Count de Maistre's tale bears date 1794.

Comp. with this chapter La Harpe's celebrated Prophétie de Cazotte, in which the chief events of the French Revolution are supposed.to be predicted.

P. 41, l. **3.** *V consonne et séjour.* See above, chap. xvi.

l. 32. *La prisonnière de Pignerol.* Count de Maistre never carried out his idea of writing that *histoire attendrissante.*

P. 43, l. **13.** *Pompons,* ornaments.

l. 17. *Carreau,* pin-cushion.

l. 35. *Caraco,* a kind of dress.

l. 36. *Il faut y faire une baste.* You must baste it (alter it roughly).

P. 44, l. **27.** *Une décimale d'amant.* ' Dans ce charmant chapitre, je releverai une des taches si rares du gracieux opuscule ; redoublant sa dernière pensée, l'auteur ajoute que, si l'on vous voit au bal ce soir-là avec plaisir, c'est parceque vous faites partie du bal même, et que vous êtes par conséquent une fraction de la nouvelle conquête : vous êtes une *décimale* d'amant, cette *décimale,* on en conviendra, est maniérée.' (Sainte-Beuve, Portraits.)

P. 45, l. 16. *Clarisse.* The heroine of Richardson's well-known novel, Clarissa Harlowe.

l. 22. *Sans humeur,* good-tempered.

Sans détours, straightforward, sincere.

l. 31. Cléveland, one of the most celebrated novels written during the last century, is the work of the Abbé Prevost d'Exiles (1697-1753). See on him, Sainte-Beuve, Portraits Littéraires, and Arsène Houssaye, Galerie du XVIIIᵉ Siècle. The *Abaquis* and the *Ruintons* mentioned below occur in the course of the book.

P. 46, l. **7.** *Sueur,* sweat, perspiration.

l. 14. *L'Expédition des Argonautes.* B.C. 1226.

L'Assemblée des Notables. Feb. 22, 1788.

l. 15. *Fin fond,* the lowest depths.

L 20. Homer flourished about 907 B.C.

John Milton (1608–1674).

Publius Vergilius Maro (B.C. 69–19).

l. 21. Ossian, a Celtic bard, who seems to have lived during the reign of the Roman Emperor Caracalla. The original text of Ossian's poems was published in 1807.

l. 29. *La mort de l'ambitieux Agamemnon.* See Aeschylus, vers. 1348 and foll. The subject of Agamemnon's catastrophe has been treated in France principally by N. Lemercier (1772–1840), whose tragedy was performed for the first time in 1797, and by Alexandre Dumas, L'Orestie, 1856.

l. 30. *Les fureurs d'Oreste.* See the tragedies of Sophocles and Euripides, and the imitations or adaptations made by Racine, Crébillon, and Voltaire.

P. 47, l. 4. Xanthus and Scamander, two rivers of Troas.

l. 5. Hesperia, the classical name for Spain or Italy.

Arcadia, an inland district of Peloponnesus.

l. 6. Lemnos, an island in the Aegean Sea.

Crete, one of the largest islands of the Mediterranean. The labyrinth of Crete, built by Daedalus, and which served as a prison for the Minotaur. Ariadne, the daughter of Minos and Pasiphae, was abandoned by Theseus in the island of Naxos. Xavier de Maistre, as a *laudator temporis acti*, when he discourses about the mythological heroes Theseus and Hercules, reminds us of the scene in M. Victor Hugo's Burgraves (Part i. sc. 6), where the two old chieftains mourn over the degeneracy of the German nation.

l. 17. *Parvis*, literally, a court surrounded by walls. From the Latin *paradisus*, which in mediæval language has that meaning.

l. 21. *J'écoute leurs discours.* See Paradise Lost, bk. ii.

l. 31. *Le ménage*, the household.

l. 33. *Je l'aiderais volontiers.* Some of our readers are aware, perhaps, that the late Alexandre Soumet (1786–1845) composed, under the title of 'La Divine Épopée,' a poem, in which he described the redemption of hell and of Satan. See also the character of Abbadona in Klopstock's Messias.

l. 38. *Que c'est un vrai démocrate.* M. De Sacy is not so flattering in his appreciation of the French democrats. He says of them: ' Ce n'était que de la canaille pure et simple.' (Variétés Littéraires, Morales et Historiques.)

P. 48, l. 11. *Je le donne en quatre,* I allow four chances.

l. 18. Captain James Cook (1728–1779), whose travels and melancholy end are so well known.

l. 19. Sir Joseph Banks (1740–1820), President of the Royal Society, and celebrated as a naturalist.

l. 20. D. Solander (1736–1781), under-librarian at the British Museum, and F.R.S., was born at Upsala.

l. 22. *Buste.* Etym. doubtful. M. Littré traces it to the German *brest*, the chest. Comp. the English *breast*.

P. 49, l. 11. *De visiter ta tombe ?* See Biog. Notice.

l. 23. Vesulus mons, in the Cottian Alps, between France and Piedmont.

P. 50, l. 20. *Se défilant*, coming off the thread.

l. 21. *Sopha*, or *sofa*, from the Arabic *çoffah* (Freytag), which means a platform covered with carpet.

P. 51, l. 13. *Châteaux en Espagne*, castles in the air.

P. 52, l. 9. *Tasses*, cups, from the Arabic *tassah*, a basin or cup.

l. 17. *Chenet*, from the word *chien*; because formerly the logs of wood were placed in the chimney on andirons made to represent dogs.

P. 54, l. 1. *moelleuse*, literally, as soft as marrow. From *moelle*, marrow.

l. 5. Vishnu, one of the gods of the Hindus.

l. 6. *Pagode*, from the Persian *but-kede ; but*, idol, *kede*, temple.

l. 13. *De la pragmatique*, of the official rule.

l. 21. *De le dire.* On the power of imagination see Pascal, Pensées, art. iii. edit. Lahure, vol. i. 255–258.

P. 55, l. 34. *Grenouille*, frog. O. Fr. *renouille ;* Lat. *ranucula, ranuncula, rana.* For the letter *g* prefixed without any reason, comp. the Italian *gracimolo* for *racimolo*, a bunch of grapes.

P. 56, l. 4. Dominico Caraccioli (1715–1789), celebrated as a statesman and a diplomatist. Was ambassador for the King of Naples in England (1763) and in France (1770); he afterwards occupied the post of minister of foreign affairs, and became finally Viceroy of Sicily. Caraccioli was an enthusiastic disciple of the French Encyclopédistes.

l. 17. Hippocrates (B.C. 460–380), one of the greatest physicians of antiquity.

l. 19. Pericles (B.C. 494–429).

Plato (B.C. 429–347).

l. 20. Aspasia, celebrated for her beauty and her intellectual accomplishments. Became the wife of Pericles.

l. 27. *Le docteur de Cos.* Hippocrates was born at Cos, an island in the Aegean Sea.

l. 28. *Celui de Turin.* Dr. Cigna, alluded to above.

Le fameux homme d'État. Caraccioli. Amongst the *si belles choses* which he did, Count de Maistre would no doubt have included the abolition of torture in the penal legislation of the Neapolitan States.

His *si grandes fautes* were his sentiments of admiration for the infidel doctrines of Helvetius, Diderot, D'Alembert, etc.

P. 57, l. 13. *La commune*, the average.

l. 18. William Harvey (1578-1657). The work which contains his celebrated discovery is entitled 'Exercitatio Anatomica de Motu Cordis et Sanguinis in Animalibus' (1628).

l. 19. Lazarus Spallanzani (1729-1799), professor of natural history, and curator of the museum at Pavia. Has written a great number of works on scientific subjects.

P. 58, l. 4. *À mon grand étonnement.* Comp. Molière:—

'*Argan.* Pourquoi ne voulez-vous pas, mon frère, qu'un homme en puisse guérir un autre ?

Béralde. Par la raison, mon frère, que les ressorts de notre machine sont des mystères, jusqu'ici, où les hommes ne voient goutte ; et que la nature nous a mis au devant des yeux des voiles trop épais pour y connaître quelque chose.' (Le Malade Imag. iii. 3.)

l. 12. *Le Moniteur.* The official journal of the French Government, founded by Panckoucke. The first number appeared November 24, 1789, under the title 'Gazette Nationale, ou Moniteur Universel.'

l. 28. John Locke (1632-1704). His works and doctrines were very popular in France during the eighteenth century.

THE END.

Masterpieces

of

The French Drama.

Edited

With Prolegomena and Notes

for English Readers.

---

1. **Corneille.**
   Horace. Edited by GEORGE SAINTSBURY, M.A. 2s. 6d.
2. **Molière.**
   Les Précieuses Ridicules. Edited by ANDREW LANG, M.A. 1s. 6d.
3. **Racine.**
   Esther. Edited by GEORGE SAINTSBURY, M.A. 2s.
4. **Voltaire.**
   Mérope. Edited by GEORGE SAINTSBURY, M.A. 2s.
5. **Beaumarchais.**
   Le Barbier de Séville. Edited by AUSTIN DOBSON. 2s. 6d.
6. **Alfred de Musset.**
   On ne badine pas avec l'Amour and *Fantasio.* By WALTER HERRIES POLLOCK. 2s.

The above 6 vols. together in case, and bound in Imitation Parchment, suitable for Prizes, price 12s. 6d.

OXFORD: At the Clarendon Press.

LONDON: Henry Frowde,

Oxford University Press Warehouse, Amen Corner, E.C.

May, 1887.

The Clarendon Press, Oxford,

LIST OF SCHOOL BOOKS,

PUBLISHED FOR THE UNIVERSITY BY

HENRY FROWDE,

AT THE OXFORD UNIVERSITY PRESS WAREHOUSE,

AMEN CORNER, LONDON.

₊ *All Books are bound in Cloth, unless otherwise described.*

LATIN.

Allen. *An Elementary Latin Grammar.* By J. BARROW ALLEN, M.A. *Forty-second Thousand* . . . . . Extra fcap. 8vo. 2s. 6d.

Allen. *Rudimenta Latina.* By the same Author. Extra fcap. 8vo. 2s.

Allen. *A First Latin Exercise Book.* By the same Author. *Fourth Edition.* . . . . Extra fcap. 8vo. 2s. 6d.

Allen. *A Second Latin Exercise Book.* By the same Author.
Extra fcap. 8vo. 3s. 6d.

Jerram. *Anglice Reddenda; or, Easy Extracts, Latin and Greek, for Unseen Translation.* By C. S. JERRAM, M.A. *Fourth Edition.*
Extra fcap. 8vo. 2s. 6d.

Jerram. *Anglice Reddenda.* SECOND SERIES. By C. S. JERRAM, M.A.
Extra fcap. 8vo. 3s.

Jerram. *Reddenda Minora; or, Easy Passages, Latin and Greek, for Unseen Translation.* For the use of Lower Forms. Composed and selected by C. S. JERRAM, M.A. . . . . . . Extra fcap. 8vo. 1s. 6d.

Lee-Warner. *Hints and Helps for Latin Elegiacs.*
Extra fcap. 8vo. 3s. 6d.

Lewis and Short. *A Latin Dictionary*, founded on Andrews' Edition of Freund's Latin Dictionary. By CHARLTON T. LEWIS, Ph.D., and CHARLES SHORT, LL.D. . . . . 4to. 25s.

Nunns. *First Latin Reader.* By T. J. NUNNS, M.A. *Third Edition.*
Extra fcap. 8vo. 2s.

Papillon. *A Manual of Comparative Philology* as applied to the Illustration of Greek and Latin Inflections. By T. L. PAPILLON, M.A. *Third Edition.*
Crown 8vo. 6s.

Ramsay. *Exercises in Latin Prose Composition.* With Introduction, Notes, and Passages of graduated difficulty for Translation into Latin. By G. G. RAMSAY, M.A., Professor of Humanity, Glasgow. *Second Edition.*
Extra fcap. 8vo. 4s. 6d.

Sargent. *Passages for Translation into Latin.* By J. Y. SARGENT, M.A. . . . . Extra fcap. 8vo. 2s. 6d.

Caesar. *The Commentaries* (for Schools). With Notes and Maps. By CHARLES E. MOBERLY, M.A.

    Part I. *The Gallic War. Second Edition.* . . Extra fcap. 8vo. 4s. 6d.

    Part II. *The Civil War.* . . . . . Extra fcap. 8vo. 3s. 6d.

    The Civil War. Book I. *Second Edition.* . . Extra fcap. 8vo. 2s.

Catulli Veronensis *Carmina Selecta,* secundum recognitionem ROBINSON ELLIS, A.M. . . . . Extra fcap. 8vo. 3s. 6d.

Cicero. *Selection of interesting and descriptive passages.* With Notes. By HENRY WALFORD, M.A. In three Parts. *Third Edition.*
                                   Extra fcap. 8vo. 4s. 6d.

    Part I. *Anecdotes from Grecian and Roman History.* . *limp,* 1s. 6d.

    Part II. *Omens and Dreams; Beauties of Nature.* . . *limp,* 1s. 6d.

    Part III. *Rome's Rule of her Provinces.* . . . . *limp,* 1s. 6d.

Cicero. *De Senectute.* With Introduction and Notes. By LEONARD HUXLEY, B.A. *In one or two Parts* . . . . Extra fcap. 8vo. 2s.

Cicero. *Pro Cluentio.* With Introduction and Notes. By W. RAMSAY, M.A. Edited by G. G. RAMSAY, M.A. *Second Edition.* Extra fcap. 8vo. 3s. 6d.

Cicero. *Selected Letters* (for Schools). With Notes. By the late C. E. PRICHARD, M.A., and E. R. BERNARD, M.A. *Second Edition.*
                                   Extra fcap. 8vo. 3s.

Cicero. *Select Orations* (for Schools). *First Action against Verres; Oration concerning the command of Gnaeus Pompeius; Oration on behalf of Archias; Ninth Philippic Oration.* With Introduction and Notes. By J. R. KING, M.A. *Second Edition.* . . . . Extra fcap. 8vo. 2s. 6d.

Cicero. *Philippic Orations.* With Notes, &c. by J. R. KING, M.A. *Second Edition.* . . . . 8vo. 10s. 6d.

Cicero. *Select Letters.* With English Introductions, Notes, and Appendices. By ALBERT WATSON, M.A. *Third Edition.* . . . 8vo. 18s.

Cicero. *Select Letters.* Text. By the same Editor. *Second Edition.*
                                   Extra fcap. 8vo. 4s.

Cornelius Nepos. With Notes. By OSCAR BROWNING, M.A. *Second Edition.* . . . . Extra fcap. 8vo. 2s. 6d.

Horace. With a Commentary. Volume I. *The Odes, Carmen Seculare,* and *Epodes.* By EDWARD C. WICKHAM, M.A., Head Master of Wellington College. *New Edition. In one or two Parts.* Extra fcap. 8vo. 6s.

Horace. *Selected Odes.* With Notes for the use of a Fifth Form. By E. C. WICKHAM, M.A. *In one or two Parts* . . Extra fcap. 8vo. 2s.

Juvenal. *XIII Satires.* Edited, with Introduction, Notes, etc., by C. H. PEARSON, M.A., and H. A. STRONG, M.A. . . . Crown 8vo. 6s.
    Or separately, Text and Introduction, 3s.; *Notes,* 3s. 6d.

Livy. *Selections* (for Schools). With Notes and Maps. By H. LEE-WARNER, M.A. . . . . Extra fcap. 8vo.

    Part I. *The Caudine Disaster.* . . . . . *limp,* 1s. 6d.

    Part II. *Hannibal's Campaign in Italy.* . . . *limp,* 1s. 6d.

    Part III. *The Macedonian War.* . . . . . *limp,* 1s. 6d.

Livy. *Book I.* With Introduction, Historical Examination, and Notes. By J. R. SEELEY, M.A. *Second Edition.* . . . . . 8vo. 6s.

Livy. *Books V—VII.* With Introduction and Notes. By A. R. CLUER, B.A. *Second Edition.* Revised by P. E. MATHESON, M.A. (In one or two volumes.) . . . . Extra fcap. 8vo. 5s.

Livy. *Books XXI—XXIII.* With Introduction and Notes. By M. T. TATHAM, M.A. . . . . Extra fcap. 8vo. 4s. 6d.

Ovid. *Selections* (for the use of Schools). With Introductions and Notes, and an Appendix on the Roman Calendar. By W. RAMSAY, M.A. Edited by G. G. RAMSAY, M.A. *Second Edition.* . Extra fcap. 8vo. 5s. 6d.

Ovid. *Tristia,* Book I. Edited by S. G. OWEN, B.A. -
Extra fcap. 8vo. 3s. 6d.

Persius. *The Satires.* With Translation and Commentary by J. CONINGTON, M.A., edited by H. NETTLESHIP, M.A. *Second Edition.*
8vo. 7s. 6d.

Plautus. *Captivi.* With Introduction and Notes. By W. M. LINDSAY, M.A. *In one or two Parts.* . . . . . Extra fcap. 3vo. 2s. 6d.

Plautus. *Trinummus.* With Notes and Introductions. By C. E. FREEMAN, M.A., Assistant Master of Westminster, and A. SLOMAN, M.A., Master of the Queen's Scholars of Westminster. . . . Extra fcap. 8vo. 3s.

Pliny. *Selected Letters* (for Schools). With Notes. By the late C. E. PRICHARD, M.A., and E. R. BERNARD, M.A. *Second Edition.*
Extra fcap. 8vo. 3s.

Sallust. *Bellum Catilinarium* and *Jugurthinum.* With Introduction and Notes, by W. W. CAPES, M.A. . . . Extra fcap. 8vo. 4s. 6d.

Tacitus. *The Annals.* Books I—IV. Edited, with Introduction and Notes for the use of Schools and Junior Students, by H. FURNEAUX, M.A.
Extra fcap. 8vo. 5s.

Terence. *Adelphi.* With Notes and Introductions. By A. SLOMAN, M.A. . . . . Extra fcap. 8vo. 3s.

Terence. *Andria.* With Notes and Introductions. By C. E. FREEMAN, M.A., and A. SLOMAN, M.A. . . . . . . Extra fcap. 8vo. 3s.

Tibullus and **Propertius.** Edited with Introduction and Notes by G. G. RAMSAY, M.A. *In one or two Parts.* . . . Extra fcap. 8vo. 6s.

Virgil. With Introduction and Notes, by T. L. PAPILLON, M.A. In Two Volumes. . . . Crown 8vo. 10s. 6d.; Text separately, 4s. 6d.

GREEK.

Chandler. *The Elements of Greek Accentuation* (for Schools). By H. W. CHANDLER, M.A. *Second Edition.* . Extra fcap. 8vo. 2s. 6d.

Liddell and Scott. *A Greek-English Lexicon,* by HENRY GEORGE LIDDELL, D.D., and ROBERT SCOTT, D.D. *Seventh Edition.* . 4to. 36s.

Liddell and Scott. *A Greek-English Lexicon,* abridged from LIDDELL and SCOTT's 4to. edition, chiefly for the use of Schools. *Twenty-first Edition.*
Square 12mo. 7s. 6d.

Veitch. *Greek Verbs, Irregular and Defective :* their forms, meaning, and quantity ; embracing all the Tenses used by Greek writers, with references to the passages in which they are found. By W. VEITCH, LL.D. *Fourth Edition.*
Crown 8vo. 10s. 6d.

Wordsworth. *Graecae Grammaticae Rudimenta in usum Scholarum.* Auctore CAROLO WORDSWORTH, D.C.L. *Nineteenth Edition.* . 12mo. 4s.

Wordsworth. *A Greek Primer, for the use of beginners in that Language.* By the Right Rev. CHARLES WORDSWORTH, D.C.L., Bishop of St. Andrew's. *Seventh Edition.* . . . . Extra fcap. 8vo. 1s. 6d.

Wright. *The Golden Treasury of Ancient Greek Poetry ;* being a Collection of the finest passages in the Greek Classic Poets, with Introductory Notices and Notes. By R. S. WRIGHT, M.A.. . *New edition in the Press.*

Wright and Shadwell. *A Golden Treasury of Greek Prose ;* being a Collection of the finest passages in the principal Greek Prose Writers, with Introductory Notices and Notes. By R. S. WRIGHT, M.A., and J. E. L. SHADWELL, M.A. . . . . Extra fcap. 8vo. 4s. 6d.

A SERIES OF GRADUATED READERS.—

Easy Greek Reader. By EVELYN ABBOTT, M.A. *In one or two Parts.* . . . . Extra fcap. 8vo. 3s.
Part I, *Text.* Part II, *Notes and Vocabulary.*

First Greek Reader. By W. G. RUSHBROOKE, M.L., Second Classical Master at the City of London School. *Second Edition.* Extra fcap. 8vo. 2s. 6d.

Second Greek Reader. By A. M. BELL, M.A.
Extra fcap. 8vo. 3s. 6d.

Fourth Greek Reader ; being Specimens of Greek Dialects. With Introductions and Notes. By W. W. MERRY, D.D., Rector of Lincoln College. . . . . Extra fcap. 8vo. 4s. 6d.

Fifth Greek Reader. Selections from Greek Epic and Dramatic Poetry, with Introductions and Notes. By EVELYN ABBOTT, M.A.
Extra fcap. 8vo. 4s. 6d.

THE GREEK TESTAMENT.—

Evangelia Sacra Graece. . . Fcap. 8vo. *limp*, 1s. 6d.

The Greek Testament, with the Readings adopted by the Revisers of the Authorised Version.
Fcap. 8vo. 4s. 6d. ; or on writing paper, with wide margin, 15s.

Novum Testamentum Graece juxta Exemplar Millianum.
18mo. 2s. 6d.; or on writing paper, with large margin, 9s.

Novum Testamentum Graece. Accedunt parallela S. Scripturae loca, necnon vetus capitulorum notatio et canones Eusebii. Edidit CAROLUS LLOYD, S.T.P.R., necnon Episcopus Oxoniensis.
18mo. 3s. ; or on writing paper, with large margin, 10s. 6d.

The New Testament in Greek and English. Edited by E. CARDWELL, D.D. . . . . 2 vols. crown 8vo. 6s.

Outlines of Textual Criticism applied to the New Testament. By C. E. HAMMOND, M.A. *Fourth Edition.* . . Extra fcap. 8vo. 3s. 6d.

Aeschylus. *Agamemnon.* With Introduction and Notes, by ARTHUR SIDGWICK, M.A. *Second Edition.* . . . . . Extra fcap. 8vo. 3s.

Aeschylus. *The Choephoroi.* With Introduction and Notes, by the same Editor. . . . . Extra fcap. 8vo. 3s.

Aeschylus. *Prometheus Bound.* With Introduction and Notes, by A. O. PRICKARD, M.A. *Second Edition.* . . . Extra fcap. 8vo. 2s.

Aristophanes. *The Clouds.* With Introduction and Notes, by W. W. MERRY, M.A. *Second Edition.* . . . . . Extra fcap. 8vo. 2s.

Aristophanes. *The Acharnians.* By the same Editor. *Second Edition.* Extra fcap. 8vo. 2s.

Aristophanes. *The Frogs.* By the same Editor. *New Edition. In one or two Parts.* . . . . Extra fcap. 8vo. 3s.

Cebes. *Tabula.* With Introduction and Notes, by C. S. JERRAM, M.A. Extra fcap. 8vo. 2s. 6d.

Demosthenes and Aeschines. *The Orations of Demosthenes and Æschines on the Crown.* With Introductory Essays and Notes. By G. A. SIMCOX, M.A., and W. H. SIMCOX, M.A. . . . . . 8vo. 12s.

Euripides. *Alcestis.* By C. S. JERRAM, M.A. Extra fcap. 8vo. 2s. 6d.

Euripides. *Helena.* For Upper and Middle Forms. By the same Editor. . . . . Extra fcap. 8vo. 3s.

Euripides. *Iphigenia in Tauris.* With Introduction and Notes. By the same Editor. . . . . Extra fcap. 8vo. 3s.

Euripides. *Medea.* With Introduction, Notes and Appendices. By C. B. HEBERDEN, M.A. *In one or two Parts.* . . Extra fcap. 8vo. 2s. Part I, *Introduction and Text.* Part II, *Notes.*

Herodotus. *Selections,* edited, with Introduction, Notes, and a Map, by W. W. MERRY, D.D. . . . . . Extra fcap. 8vo. 2s. 6d.

Homer. *Iliad,* Books I–XII. With an Introduction, a brief Homeric Grammar, and Notes. By D. B. MONRO, M.A. Extra fcap. 8vo. 6s.

Homer. *Iliad,* Book I. By the same Editor. *Third Edition.* Extra fcap. 8vo. 2s.

Homer. *Iliad,* Books VI and XXI. With Notes, &c. By HERBERT HAILSTONE, M.A. . . . . . . Extra fcap. 8vo. 1s. 6d. each.

Homer. *Odyssey,* Books I–XII. By W. W. MERRY, D.D. *Thirty-second Thousand.* . . . . . . Extra fcap. 8vo. 4s. 6d.

Homer. *Odyssey,* Books XIII–XXIV. By the same Editor. *Second Edition.* . . . . Extra fcap. 8vo. 5s.

Homer. *Odyssey,* Book II. By the same Editor. Extra fcap. 8vo. 1s. 6d.

Lucian. *Vera Historia.* By C. S. JERRAM, M.A. *Second Edition.* Extra fcap. 8vo. 1s. 6d.

Plato. *The Apology.* With a revised Text and English Notes, and a Digest of Platonic Idioms, by JAMES RIDDELL, M.A. . . 8vo. 8s. 6d.

Plato. *Selections* (including the whole of the *Apology* and *Crito*). With Introductions and Notes by J. PURVES, M.A., and a Preface by B. JOWETT, M.A. Extra fcap. 8vo. 6s. 6d.

Sophocles. (For the use of Schools.) Edited with Introductions and English Notes by LEWIS CAMPBELL, M.A., and EVELYN ABBOTT, M.A. New and Revised Edition. 2 Vols. . . . . Extra fcap. 8vo. 10s. 6d. *Sold separately,* Vol. I. Text, 4s. 6d. Vol. II. Notes, 6s.
☞ *Also in single Plays. Extra fcap. 8vo. limp,*
Oedipus Tyrannus, Philoctetes. New and Revised Edition, 2s. each.
Oedipus Coloneus, Antigone. 1s. 9d. each.
Ajax, Electra, Trachiniae. 2s. each.

Sophocles. *Oedipus Rex:* Dindorf's Text, with Notes by W. BASIL JONES, D.D., Lord Bishop of S. David's.   .   Extra fcap. 8vo. *limp,* 1s. 6d.

Theocritus. Edited, with Notes, by H. KYNASTON, D.D. (late SNOW), Head Master of Cheltenham College. *Fourth Edition.*
Extra fcap. 8vo. 4s. 6d.

Xenophon. *Easy Selections* (for Junior Classes). With a Vocabulary, Notes, and Map. By J. S. PHILLPOTTS, B.C.L., Head Master of Bedford School, and C. S. JERRAM, M.A. *Third Edition.* . Extra fcap. 8vo. 3s. 6d.

Xenophon. *Selections* (for Schools). With Notes and Maps. By J. S. PHILLPOTTS, B.C.L. *Fourth Edition.* . . . Extra fcap. 8vo. 3s. 6d.

Xenophon. *Anabasis,* Book I. With Notes and Map. By J. MARSHALL, M.A., Rector of the High School, Edinburgh. . . Extra fcap. 8vo. 2s. 6d.

Xenophon. *Anabasis,* Book II. With Notes and Map. By C. S. JERRAM, M.A. . . . . Extra fcap. 8vo. 2s.

Xenophon. *Cyropaedia,* Books IV, V. With Introduction and Notes, by C. BIGG, D.D. . . . . Extra fcap. 8vo. 2s. 6d.

ENGLISH.

Reading Books.

—— *A First Reading Book.* By MARIE EICHENS of Berlin; edited by ANNE J. CLOUGH. . . . . . Extra fcap. 8vo. *stiff covers,* 4d.

—— *Oxford Reading Book,* Part I. For Little Children.
Extra fcap. 8vo. *stiff covers,* 6d.

—— *Oxford Reading Book,* Part II. For Junior Classes.
Extra fcap. 8vo. *stiff covers,* 6d.

Skeat. *A Concise Etymological Dictionary of the English Language.* By W. W. SKEAT, Litt. D. *Second Edition.* . . . Crown 8vo. 5s. 6d.

Tancock. *An Elementary English Grammar and Exercise Book.* By O. W. TANCOCK, M.A., Head Master of King Edward VI's School, Norwich. *Second Edition.* . . . . . . Extra fcap. 8vo. 1s. 6d.

Tancock. *An English Grammar and Reading Book,* for Lower Forms in Classical Schools. By O. W. TANCOCK, M.A. *Fourth Edition.*
Extra fcap. 8vo. 3s. 6d.

Earle. *The Philology of the English Tongue.* By J. EARLE, M.A., Professor of Anglo-Saxon. *Third Edition.* . . Extra fcap. 8vo. 7s. 6d.

Earle. *A Book for the Beginner in Anglo-Saxon.* By the same Author. *Third Edition.* . . . . Extra fcap. 8vo. 2s. 6d.

Sweet. *An Anglo-Saxon Primer, with Grammar, Notes, and Glossary.* By HENRY SWEET, M.A. *Third Edition.* . . Extra fcap. 8vo. 2s. 6d.

Sweet. *An Anglo-Saxon Reader.* In Prose and Verse. With Grammatical Introduction, Notes, and Glossary. By the same Author. *Fourth Edition, Revised and Enlarged.* . . . Extra fcap. 8vo. 8s. 6d.

Sweet. *Anglo-Saxon Reading Primers.*
     I. *Selected Homilies of Ælfric.*   Extra cap. 8vo. *stiff covers,* 1s. 6d.
     II. *Extracts from Alfred's Orosius.*   Extra fcap. 8vo. *stiff covers,* 1s. 6d.

Sweet. *First Middle English Primer, with Grammar and Glossary.* By the same Author. .   .   .   . Extra fcap. 8vo. 2s.

Sweet. *Second Middle English Primer.* Extracts from Chaucer, with Grammar and Glossary. By the same Author. .   . Extra fcap. 8vo. 2s.

Morris and Skeat. *Specimens of Early English.* A New and Revised Edition. With Introduction, Notes, and Glossarial Index. By R. Morris, LL.D., and W. W. Skeat, Litt. D.

> Part I. From Old English Homilies to King Horn (A.D. 1150 to A.D. 1300). *Second Edition.* .   .   .   . Extra fcap. 8vo. 9s.
> Part II. From Robert of Gloucester to Gower (A.D. 1298 to A.D. 1393). *Second Edition.* .   .   .   . Extra fcap. 8vo. 7s. 6d.

Skeat. *Specimens of English Literature,* from the 'Ploughmans Crede' to the 'Shepheardes Calender' (A.D. 1394 to A.D. 1579). With Introduction, Notes, and Glossarial Index. By W. W. Skeat, Litt. D.
>   Extra fcap. 8vo. 7s. 6d.

Typical Selections from the best English Writers, with Introductory Notices. *Second Edition.* In Two Volumes. Vol. I. Latimer to Berkeley. Vol. II. Pope to Macaulay. .   . Extra fcap. 8vo. 3s. 6d. each.

A SERIES OF ENGLISH CLASSICS.—

Langland. *The Vision of William concerning Piers the Plowman,* by William Langland. Edited by W. W. Skeat, Litt. D. *Third Edition.*
>   Extra fcap. 8vo. 4s. 6d.

Chaucer. I. *The Prologue to the Canterbury Tales; The Knightes Tale; The Nonne Prestes Tale.* Edited by R. Morris, LL.D. *Fifty-first Thousand.* .   .   .   . Extra fcap. 8vo. 2s. 6d.

Chaucer. II. *The Prioresses Tale; Sir Thopas; The Monkes Tale; The Clerkes Tale; The Squieres Tale, &c.* Edited by W. W. Skeat, Litt. D. *Second Edition.* .   .   .   .   .   . Extra fcap. 8vo. 4s. 6d.

Chaucer. III. *The Tale of the Man of Lawe; The Pardoneres Tale; The Second Nonnes Tale; The Chanouns Yemannes Tale.* By the same Editor. *Second Edition.* .   .   .   . Extra fcap. 8vo. 4s. 6d.

Gamelyn, The Tale of. Edited by W. W. Skeat, Litt. D.
>   Extra fcap. 8vo. *stiff covers,* 1s. 6d.

Wycliffe. *The New Testament in English,* according to the Version by John Wycliffe, about A.D. 1380, and Revised by John Purvey, about A.D. 1388. With Introduction and Glossary by W. W. Skeat, Litt. D.
>   Extra fcap. 8vo. 6s.

Wycliffe. *The Books of Job, Psalms, Proverbs, Ecclesiastes, and the Song of Solomon:* according to the Wycliffite Version made by Nicholas de Hereford, about A.D. 1381, and Revised by John Purvey, about A.D. 1388. With Introduction and Glossary by W. W. Skeat, Litt. D. Extra fcap. 8vo. 3s. 6d.

Spenser. *The Faery Queene.* Books I and II. Edited by G. W. Kitchin, D.D.

> Book I. *Tenth Edition.*   .   .   .   .   . Extra fcap. 8vo. 2s. 6d.
> Book II. *Sixth Edition.*   .   .   .   .   . Extra fcap. 8vo. 2s. 6d.

Hooker. *Ecclesiastical Polity.* Book I. Edited by R. W. CHURCH, M.A., Dean of St. Paul's. *Second Edition.* . . . Extra fcap. 8vo. 2s.

Marlowe and Greene.—MARLOWE'S *Tragical History of Dr. Faustus,* and GREENE's *Honourable History of Friar Bacon and Friar Bungay.* Edited by A. W. WARD, M.A. *Second Edition.* . Extra fcap. 8vo. 6s. 6d.

Marlowe. *Edward II.* Edited by O. W. TANCOCK, M.A.
Extra fcap. 8vo. 3s.

Shakespeare. Select Plays. Edited by W. G. CLARK, M.A., and W. ALDIS WRIGHT, M.A. . . . . . Extra fcap. 8vo. *stiff covers.*

The Merchant of Venice. 1s.	*Macbeth.* 1s. 6d.
Richard the Second. 1s. 6d.	*Hamlet.* 2s.

Edited by W. ALDIS WRIGHT, M.A.

The Tempest. 1s. 6d.	*Coriolanus.* 2s. 6d.
As You Like It. 1s. 6d.	*Richard the Third.* 2s. 6d.
A Midsummer Night's Dream. 1s. 6d.	*Henry the Fifth.* 2s.
Twelfth Night. 1s. 6d.	*King John.* 1s. 6d.
Julius Cæsar. 2s.	*King Lear.* 1s. 6d.

Henry the Eighth (In the Press).

Shakespeare as a Dramatic Artist; *a popular Illustration of the Principles of Scientific Criticism.* By RICHARD G. MOULTON, M.A.
Crown 8vo. 5s.

Bacon. I. *Advancement of Learning.* Edited by W. ALDIS WRIGHT, M.A. *Second Edition.* . . . . . Extra fcap. 8vo. 4s. 6d.

Bacon. II. *The Essays.* With Introduction and Notes. *In Preparation.*

Milton. I. *Areopagitica.* With Introduction and Notes. By JOHN W. HALES, M.A. *Third Edition.* . . . . Extra fcap. 8vo. 3s.

Milton. II. *Poems.* Edited by R. C. BROWNE, M.A. 2 vols. *Fifth Edition.* . . Extra fcap. 8vo. 6s. 6d. Sold separately, Vol. I. 4s.; Vol II. 3s.
In paper covers :—
Lycidas, 3d. *L'Allegro,* 3d. *Il Penseroso,* 4d. *Comus,* 6d.
Samson Agonistes, 6d.

Milton. III. *Samson Agonistes.* Edited with Introduction and Notes by JOHN CHURTON COLLINS. . . . Extra fcap. 8vo. *stiff covers,* 1s.

Clarendon. *History of the Rebellion.* Book VI. Edited with Introduction and Notes by T. ARNOLD, M.A. . . Extra fcap. 8vo. 4s. 6d.

Bunyan. I. *The Pilgrim's Progress, Grace Abounding, Relation of the Imprisonment of Mr. John Bunyan.* Edited, with Biographical Introduction and Notes, by E. VENABLES, M.A.
Extra fcap. 8vo. 5s. *In white Parchment,* 6s.

Bunyan. II. *Holy War, &c.* By the same Editor. *In the Press.*

Dryden. *Select Poems.—Stanzas on the Death of Oliver Cromwell; Astræa Redux; Annus Mirabilis; Absalom and Achitophel; Religio Laici; The Hind and the Panther.* Edited by W. D. CHRISTIE, M.A.
Extra fcap. 8vo. 3s. 6d.

Locke's *Conduct of the Understanding.* Edited, with Introduction, Notes, &c. by T. Fowler, D.D. *Second Edition.* . . Extra fcap. 8vo. 2s.

Addison. *Selections from Papers in the 'Spectator.'* With Notes. By T. Arnold, M.A. . Extra fcap. 8vo. 4s. 6d. *In white Parchment,* 6s.

Steele. *Selected Essays from the Tatler, Spectator, and Guardian.* By Austin Dobson. . . Extra fcap. 8vo. 5s. *In white Parchment,* 7s. 6d.

Berkeley. *Select Works of Bishop Berkeley,* with an Introduction and Notes, by A. C. Fraser, LL.D. *Third Edition.* . . Crown 8vo. 7s. 6d.

Pope. I. *Essay on Man.* Edited by Mark Pattison, B.D. *Sixth Edition.* . . . . Extra fcap. 8vo. 1s. 6d.

Pope. II. *Satires and Epistles.* By the same Editor. *Second Edition.* Extra fcap. 8vo. 2s.

Parnell. *The Hermit.* . . . . . *Paper covers,* 2d.

Johnson. I. *Rasselas; Lives of Dryden and Pope.* Edited by Alfred Milnes, M.A. . . . . . . Extra fcap. 8vo. 4s. 6d.

Lives of Pope and Dryden. . . . . *Stiff covers,* 2s. 6d.

Johnson. II. *Vanity Human Wishes.* With Notes, by E. J. Payne, M.A. . . . . *Paper covers,* 4d.

Gray. *Selected Poems.* Edited by Edmund Gosse. Extra fcap. 8vo. *Stiff covers,* 1s. 6d. *In white Parchment,* 3s.

Gray. *Elegy, and Ode on Eton College.* . . *Paper covers,* 2d.

Goldsmith. *The Deserted Village.* . . . *Paper covers,* 2d.

Cowper. I. *The Didactic Poems of* 1782, with Selections from the Minor Pieces, A.D. 1779–1783. Edited by H. T. Griffith, B.A. Extra fcap. 8vo. 3s.

Cowper. II. *The Task, with Tirocinium,* and Selections from the Minor Poems, A.D. 1784–1799. By the same Editor. *Second Edition.* Extra fcap. 8vo. 3s.

Burke. I. *Thoughts on the Present Discontents; the two Speeches on America.* Edited by E. J. Payne, M.A. *Second Edition.* Extra fcap. 8vo. 4s. 6d.

Burke. II. *Reflections on the French Revolution.* By the same Editor. *Second Edition.* . . . . . Extra fcap. 8vo. 5s.

Burke. III. *Four Letters on the Proposals for Peace with the Regicide Directory of France.* By the same Editor. *Second Edition.* Extra fcap. 8vo. 5s.

Keats. *Hyperion,* Book I. With Notes, by W. T. Arnold, B.A. *Paper covers,* 4d.

Byron. *Childe Harold.* With Introduction and Notes, by H. F. TOZER, M.A.   .   .   .   ,   Extra fcap. 8vo. 3s. 6d.   *In white Parchment,* 5s.

Scott. *Lay of the Last Minstrel.* Edited with Preface and Notes by W. MINTO, M.A. With Map.
Extra fcap. 8vo. *stiff covers,* 2s.   *In Ornamental Parchment,* 3s. 6d.

Scott. *Lay of the Last Minstrel.* Introduction and Canto I, with Preface and Notes by W. MINTO, M.A.   .   .   .   .   *Paper covers,* 6d.

FRENCH AND ITALIAN.

Brachet. *Etymological Dictionary of the French Language,* with a Preface on the Principles of French Etymology. Translated into English by G. W. KITCHIN, D.D., Dean of Winchester. *Third Edition.*
Crown 8vo. 7s. 6d.

Brachet. *Historical Grammar of the French Language.* Translated into English by G. W. KITCHIN, D.D. *Fourth Edition.*
Extra fcap. 8vo. 3s. 6d.

Saintsbury. *Primer of French Literature.* By GEORGE SAINTS-BURY, M.A. *Second Edition.*   .   .   .   .   .   Extra fcap. 8vo. 2s.

Saintsbury. *Short History of French Literature.* By the same Author.   .   .   .   .   Crown 8vo. 10s. 6d.

Saintsbury. *Specimens of French Literature.*   .   .   Crown 8vo. 9s.

Beaumarchais. *Le Barbier de Séville.* With Introduction and Notes by AUSTIN DOBSON.   .   .   .   .   .   Extra fcap. 8vo. 2s. 6d.

Blouët. *L'Éloquence de la Chaire et de la Tribune Françaises.* Edited by PAUL BLOUËT, B.A. (Univ. Gallic.). Vol. I. *French Sacred Oratory.*
Extra fcap. 8vo. 2s. 6d.

Corneille. *Horace.* With Introduction and Notes by GEORGE SAINTSBURY, M.A.   .   .   .   .   .   Extra fcap. 8vo. 2s. 6d.

Corneille. *Cinna.* With Notes, Glossary, etc. By GUSTAVE MASSON, B.A.   .   .   .   .   .   Extra fcap. 8vo. *stiff covers,* 1s. 6d. *cloth,* 2s.

Gautier (Théophile). *Scenes of Travel.* Selected and Edited by G. SAINTSBURY, M.A.   .   .   .   .   .   .   Extra fcap. 8vo. 2s.

Masson. *Louis XIV and his Contemporaries;* as described in Extracts from the best Memoirs of the Seventeenth Century. With English Notes, Genealogical Tables, &c. By GUSTAVE MASSON, B.A. Extra fcap. 8vo. 2s. 6d.

Molière. *Les Précieuses Ridicules.* With Introduction and Notes by ANDREW LANG, M.A.   .   .   .   .   .   Extra fcap. 8vo. 1s. 6d.

Molière. *Les Femmes Savantes.* With Notes, Glossary, etc. By GUSTAVE MASSON, B.A.   .   Extra fcap. 8vo. *stiff covers,* 1s. 6d. *cloth,* 2s.

Molière. *Les Fourberies de Scapin.* } With Voltaire's Life of Molière. By
Racine. *Athalie.*   } GUSTAVE MASSON, B.A.
Extra fcap. 8vo. 2s. 6d.

Molière. *Les Fourberies de Scapin.* With Voltaire's Life of Molière. By GUSTAVE MASSON, B.A. . . Extra fcap. 8vo. *stiff covers*, 1s. 6d.

Musset. *On ne badine pas avec l'Amour*, and *Fantasio.* With Introduction, Notes, etc., by WALTER HERRIES POLLOCK. Extra fcap. 8vo. 2s.

NOVELETTES :—

Xavier de Maistre.	*Voyage autour de ma Chambre.*	By GUSTAVE MASSON, B.A. 3rd Edition. Ext. fcap. 8vo. 2s. 6d.
Madame de Duras.	*Ourika.*	
Erckmann-Chatrian.	*Le Vieux Tailleur.*	
Alfred de Vigny.	*La Veillée de Vincennes.*	
Edmond About.	*Les Jumeaux de l'Hôtel Corneille.*	
Rodolphe Töpffer.	*Mésaventures d'un Écolier.*	

Quinet. *Lettres à sa Mère.* Edited by G. SAINTSBURY, M.A. Extra fcap. 8vo. 2s.

Racine. *Esther.* Edited by G. SAINTSBURY, M.A. Extra fcap. 8vo. 2s.

Racine. *Andromaque.* **Corneille.** *Le Menteur.* } With Louis Racine's Life of his Father. By GUSTAVE MASSON, B.A. Extra fcap. 8vo. 2s. 6d.

Regnard. . . . *Le Joueur.* **Brueys and Palaprat.** *Le Grondeur.* } By GUSTAVE MASSON, B.A. Extra fcap. 8vo. 2s. 6d.

Sainte-Beuve. *Selections from the Causeries du Lundi.* Edited by G. SAINTSBURY, M.A. . . . . . . Extra fcap. 8vo. 2s.

Sévigné. *Selections from the Correspondence of* **Madame de Sévigné** and her chief Contemporaries. Intended more especially for Girls' Schools. By GUSTAVE MASSON, B.A. . . . . . . Extra fcap. 8vo. 3s.

Voltaire. *Mérope.* Edited by G. SAINTSBURY, M.A. Extra fcap. 8vo. 2s.

Dante. *Selections from the 'Inferno.'* With Introduction and Notes, by H. B. COTTERILL, B.A. . . . . . Extra fcap. 8vo. 4s. 6d.

Tasso. *La Gerusalemme Liberata.* Cantos i, ii. With Introduction and Notes, by the same Editor. . . . Extra fcap. 8vo. 2s. 6d.

GERMAN, &c.

Buchheim. *Modern German Reader.* A Graduated Collection of Extracts in Prose and Poetry from Modern German writers. Edited by C. A. BUCHHEIM, Phil. Doc.

Part I. With English Notes, a Grammatical Appendix, and a complete Vocabulary. *Fourth Edition.* . . . Extra fcap. 8vo. 2s. 6d.

Part II. With English Notes and an Index. Extra fcap. 8vo. 2s. 6d.

Part III. In preparation.

Lange. *The Germans at Home* ; a Practical Introduction to German Conversation, with an Appendix containing the Essentials of German Grammar. By HERMANN LANGE. *Second Edition.* . . . . . 8vo. 2s. 6d.

Lange. *The German Manual*; a German Grammar, a Reading Book, and a Handbook of German Conversation. By the same Author.
8vo. 7s. 6d.

Lange. *A Grammar of the German Language*, being a reprint of the Grammar contained in *The German Manual*. By the same Author. 8vo. 3s. 6d.

Lange. *German Composition*; a Theoretical and Practical Guide to the Art of Translating English Prose into German. By the same Author.
8vo. 4s. 6d.

Goethe. *Egmont*. With a Life of Goethe, etc. Edited by C. A. BUCHHEIM, Phil. Doc. *Third Edition.*   .   .   .   Extra fcap. 8vo. 3s.

Goethe. *Iphigenie auf Tauris*. A Drama. With a Critical Introduction and Notes. Edited by C. A. BUCHHEIM, Phil. Doc. *Second Edition.*
Extra fcap. 8vo. 3s.

Heine's *Harzreise*. With a Life of Heine, etc. Edited by C. A. BUCHHEIM, Phil. Doc.   Extra fcap. 8vo. *stiff covers*, 1s. 6d. *cloth*, 2s. 6d.

Heine's *Prosa*, being Selections from his Prose Works. Edited with English Notes, etc., by C. A. BUCHHEIM, Phil. Doc.   Extra fcap. 8vo. 4s. 6d.

Lessing. *Laokoon*. With Introduction, Notes, etc. By A. HAMANN, Phil. Doc., M.A.   .   .   .   .   .   .   Extra fcap. 8vo. 4s. 6d.

Lessing. *Minna von Barnhelm*. A Comedy. With a Life of Lessing, Critical Analysis, Complete Commentary, etc. Edited by C. A. BUCHHEIM, Phil. Doc. *Fifth Edition.*   .   .   .   Extra fcap. 8vo. 3s. 6d.

Lessing. *Nathan der Weise*. With English Notes, etc. Edited by C. A. BUCHHEIM, Phil. Doc.   .   .   .   .   Extra fcap. 8vo. 4s. 6d.

Niebuhr's *Heroen-Geschichten*. Edited with English Notes and a Vocabulary, by EMMA S. BUCHHEIM. Extra fcap. 8vo. *stiff covers*, 1s. 6d. *cloth*, 2s.

Schiller's *Historische Skizzen:—Egmonts Leben und Tod;* and *Belagerung von Antwerpen.* Edited by C. A. BUCHHEIM, Phil. Doc. *Third Edition, Revised and Enlarged, with a Map.*   .   Extra fcap. 8vo. 2s. 6d.

Schiller. *Wilhelm Tell*. With a Life of Schiller; an Historical and Critical Introduction, Arguments, a Complete Commentary, and Map. Edited by C. A. BUCHHEIM, Phil. Doc. *Sixth Edition.*   .   Extra fcap. 8vo. 3s. 6d.

Schiller. *Wilhelm Tell*. Edited by C. A. BUCHHEIM, Phil. Doc. *School Edition.* With Map.   .   .   .   .   Extra fcap. 8vo. 2s.

Schiller. *Wilhelm Tell*. Translated into English Verse by E. MASSIE, M.A.   .   .   .   .   .   .   Extra fcap. 8vo. 5s.

Scherer. *A History of German Literature*. By W. SCHERER. Translated from the Third German Edition by Mrs. F. CONYBEARE. Edited by F. MAX MÜLLER. 2 vols.   .   .   .   .   .   8vo. 21s.

Max Müller. *The German Classics from the Fourth to the Nineteenth Century*. With Biographical Notices, Translations into Modern German, and Notes, by F. MAX MÜLLER, M.A., Corpus Professor of Comparative Philology in the University of Oxford. A New edition, revised, enlarged, and adapted to WILHELM SCHERER'S *History of German Literature*, by F. LICHTENSTEIN. 2 vols.   .   .   .   .   Crown 8vo. 21s.

GOTHIC AND ICELANDIC.

Skeat. *The Gospel of St. Mark in Gothic.* Edited by W. W. SKEAT, Litt. D. . . . . Extra fcap. 8vo. 4*s.*

Sweet. An Icelandic Primer, with Grammar, Notes, and Glossary. By HENRY SWEET, M.A. . . . . Extra fcap. 8vo. 3*s.* 6*d.*

Vigfusson and Powell. *An Icelandic Prose Reader,* with Notes, Grammar, and Glossary. By GUDBRAND VIGFUSSON, M.A., and F. YORK POWELL, M.A. . . . . Extra fcap. 8vo. 10*s.* 6*d.*

MATHEMATICS AND PHYSICAL SCIENCE.

Hamilton and Ball. *Book-keeping.* By Sir R. G. C. HAMILTON, K.C.B., Under-Secretary for Ireland, and JOHN BALL (of the firm of Quilter, Ball, & Co.). *New and Enlarged Edition* . . . Extra fcap. 8vo. 2*s.*

** *Ruled Exercise Books adapted to the above.* (Fcap. folio, 2*s.*)

Hensley. *Figures made Easy: a first Arithmetic Book.* By LEWIS HENSLEY, M.A. . . . . Crown 8vo. 6*d.*

Hensley. *Answers to the Examples in Figures made Easy,* together with 2000 additional Examples formed from the Tables in the same, with Answers. By the same Author. . . . . . . Crown 8vo. 1*s.*

Hensley. *The Scholar's Arithmetic.* By the same Author.
Crown 8vo. 2*s.* 6*d.*

Hensley. *Answers to the Examples in the Scholar's Arithmetic.* By the same Author. . . . . Crown 8vo. 1*s.* 6*d.*

Hensley. *The Scholar's Algebra.* An Introductory work on Algebra. By the same Author. . . . . Crown 8vo. 2*s.* 6*d.*

Baynes. *Lessons on Thermodynamics.* By R. E. BAYNES, M.A., Lee's Reader in Physics. . . . . Crown 8vo. 7*s.* 6*d.*

Donkin. *Acoustics.* By W. F. DONKIN, M.A., F.R.S. *Second Edition.* Crown 8vo. 7*s.* 6*d.*

Euclid Revised. Containing the essentials of the Elements of Plane Geometry as given by Euclid in his First Six Books. Edited by R. C. J. NIXON, M.A. . . . . Crown 8vo. 7*s.* 6*d.*

May likewise be had in parts as follows:—

Book I . . . . 1*s.*
Books I, II. . . . . 1*s.* 6*d.*
Books I-IV . . . . 3*s.* 6*d.*

Harcourt and Madan. *Exercises in Practical Chemistry.* Vol. I. *Elementary Exercises.* By A. G. VERNON HARCOURT, M.A.: and H. G. MADAN, M.A. *Third Edition.* Revised by H. G. Madan, M.A.
Crown 8vo. 9s.

Madan. *Tables of Qualitative Analysis.* Arranged by H. G. MADAN, M.A. . . . . Large 4to. 4s. 6d.

Maxwell. *An Elementary Treatise on Electricity.* By J. CLERK MAXWELL, M.A., F.R.S. Edited by W. GARNETT, M.A. Demy 8vo. 7s. 6d.

Stewart. *A Treatise on Heat,* with numerous Woodcuts and Diagrams. By BALFOUR STEWART, LL.D., F.R.S., Professor of Natural Philosophy in Owens College, Manchester. *Fourth Edition.* . Extra fcap. 8vo. 7s. 6d.

Williamson. *Chemistry for Students.* By A. W. WILLIAMSON, Phil. Doc., F.R.S., Professor of Chemistry, University College London. *A new Edition with Solutions.* . . . . . . Extra fcap. 8vo. 8s. 6d.

Combination Chemical Labels. In two Parts, gummed ready for use. Part I, Basic Radicles and Names of Elements. Part II, Acid Radicles.
Price 3s. 6d.

HISTORY, POLITICAL ECONOMY, &c.

Danson. The Wealth of Households. By J. T. DANSON. Crown 8vo. 5s.

Freeman. *A Short History of the Norman Conquest of England.* By E. A. FREEMAN, M.A. *Second Edition.* . Extra fcap. 8vo. 2s. 6d.

George. *Genealogical Tables illustrative of Modern History.* By H. B. GEORGE, M.A. *Second Edition, Revised and Enlarged.* Small 4to. 12s.

Kitchin. *A History of France.* With Numerous Maps, Plans, and Tables. By G. W. KITCHIN, D.D., Dean of Winchester. *Second Edition.*
Vol. 1. To the Year 1453. . . . 10s. 6d.
Vol. 2. From 1453 to 1624. . . . 10s. 6d.
Vol. 3. From 1624 to 1793. . . . 10s. 6d.

Rawlinson. *A Manual of Ancient History.* By GEORGE RAWLINSON, M.A., Camden Professor of Ancient History. *Second Edition.*
Demy 8vo. 14s.

Rogers. *A Manual of Political Economy,* for the use of Schools. By J. E. THOROLD ROGERS, M.A. *Third Edition.* Extra fcap. 8vo. 4s. 6d.

Stubbs. *The Constitutional History of England, in its Origin and Development.* By WILLIAM STUBBS, D.D., Lord Bishop of Chester. Three vols. . . . . Crown 8vo. each 12s.

Stubbs. *Select Charters and other Illustrations of English Constitutional History,* from the Earliest Times to the Reign of Edward I. Arranged and edited by W. STUBBS, D.D. *Fourth Edition.* Crown 8vo. 8s. 6d.

Stubbs. *Magna Carta*: a careful reprint. . . . 4to. *stitched,* 1s

ART.

Hullah. *The Cultivation of the Speaking Voice.* By JOHN HULLAH.
Extra fcap. 8vo. 2s. 6d.

Maclaren. *A System of Physical Education: Theoretical and Practical.* With 346 Illustrations drawn by A. MACDONALD, of the Oxford School of Art. By ARCHIBALD MACLAREN, the Gymnasium, Oxford. *Second Edition.*
Extra fcap. 8vo. 7s. 6d.

Troutbeck and Dale. *A Music Primer for Schools.* By J. TROUTBECK, D.D., Music Master in Westminster School, and R. F. DALE, M.A., B. Mus., late Assistant Master in Westminster School. . Crown 8vo. 1s. 6d.

Tyrwhitt. *A Handbook of Pictorial Art.* By R. St. J. TYRWHITT, M.A. With coloured Illustrations, Photographs, and a chapter on Perspective by A. MACDONALD. *Second Edition.* . . . 8vo. *half morocco,* 18s.

Upcott. *An Introduction to Greek Sculpture.* By L. E. UPCOTT, M.A. . . . . Crown 8vo. 4s. 6d.

———◆———

Student's Handbook to the University and Colleges of Oxford. *Eighth Edition.* . . . . Extra fcap. 8vo. 2s. 6d.

Helps to the Study of the Bible, taken from the *Oxford Bible for Teachers,* comprising Summaries of the several Books, with copious Explanatory Notes and Tables illustrative of Scripture History and the Characteristics of Bible Lands; with a complete Index of Subjects, a Concordance, a Dictionary of Proper Names, and a series of Maps. . . . . Crown 8vo. 3s. 6d.

** A READING ROOM *has been opened at the* CLARENDON PRESS WAREHOUSE; AMEN CORNER, *where visitors will find every facility for examining old and new works issued from the Press, and for consulting all official publications.*

☞ *All communications relating to Books included in this List, and offers of new Books and new Editions, should be addressed to*

THE SECRETARY TO THE DELEGATES,
CLARENDON PRESS,
OXFORD.

MASTERPIECES OF THE FRENCH DRAMA.

Corneille. *Horace.* With Introduction and Notes by GEORGE SAINTSBURY, M.A. Extra fcap. 8vo. 2s. 6d.

Beaumarchais. *Le Barbier de Séville.* With Introduction and Notes by AUSTIN DOBSON. Extra fcap. 8vo. 2s. 6d.

Molière. *Les Précieuses Ridicules.* With Introduction and Notes by ANDREW LANG, M.A. Extra fcap. 8vo. 1s. 6d.

Voltaire. *Mérope.* Edited by GEORGE SAINTSBURY M.A. Extra fcap. 8vo. 2s.

Racine. *Esther.* Edited by GEORGE SAINTSBURY, M.A. Extra fcap. 8vo. 2s.

Musset. *On ne badine pas avec l'Amour,* and *Fantasio.* With Introduction, Notes, etc., by WALTER HERRIES POLLOCK. Extra fcap. 8vo. 2s.

The set of Six Volumes, bound in Imitation Parchment, and fitted in a Paste Grain Leather Case, with Catch Lock, price 12s. 6d. complete.

FORTHCOMING EDUCATIONAL WORKS.

Cicero. *The Catilinarian Orations.* Edited, with Introduction and Notes, by E. A. UPCOTT, M.A. Extra fcap. 8vo.

Principles of English Etymology. First Series. By W. W. SKEAT, Litt. D. Crown 8vo.

Virgil. *The Eclogues.* Edited by C. S. JERRAM, M.A. Extra fcap. 8vo.

Minot, Laurence. *Poems.* Edited by JOSEPH HALL, M.A. Extra fcap. 8vo. [*Nearly ready.*]

Demosthenes. *Olynthiacs and Philippics.* Edited by EVELYN ABBOTT, M.A.

A Second Anglo - Saxon Reader. By HENRY SWEET, M.A. Extra fcap. 8vo.

Lysias. *The Epitaphios.* Edited by F. J. SNELL, B.A.

A Text-Book of Algebra. By W. S. ALDIS, M.A. Crown 8vo. [*Nearly ready.*]

Plato. *Meno.* Edited by ST. GEORGE STOCK, M.A.

Elementary Trigonometry. By T. ROACH, M.A. Crown 8vo. [*Nearly ready.*]

London : HENRY FROWDE,

OXFORD UNIVERSITY PRESS WAREHOUSE, AMEN CORNER.

Edinburgh : 6, QUEEN STREET.

Oxford : CLARENDON PRESS DEPOSITORY,
116, HIGH STREET.

www.ingramcontent.com/pod-product-compliance
Lightning Source LLC
Chambersburg PA
CBHW020029030726
47499CB00007B/2336